Yilin Classics

Francis Scott Fitzgerald

经/典/译/林

The Great Gatsby

了不起的盖茨比

[美国] 弗朗西斯・斯科特・菲茨杰拉德 著

吴冰青 译

译林出版社

图书在版编目（CIP）数据

了不起的盖茨比 /（美）弗朗西斯·斯科特·菲茨杰拉德（Francis Scott Fitzgerald）著；吴冰青译. —南京：译林出版社，2024.2

（经典译林）

书名原文：The Great Gatsby

ISBN 978-7-5447-9940-9

Ⅰ.①了… Ⅱ.①弗… ②吴… Ⅲ.①长篇小说－美国－现代 Ⅳ.①I712.45

中国国家版本馆CIP数据核字（2023）第235511号

了不起的盖茨比 ［美］弗朗西斯·斯科特·菲茨杰拉德／著 吴冰青／译

责任编辑 韩继坤
装帧设计 胡 苨
校　　对 孙玉兰
责任印制 颜 亮

出版发行 译林出版社
地　　址 南京市湖南路1号A楼
邮　　箱 yilin@yilin.com
网　　址 www.yilin.com
市场热线 025-86633278
排　　版 南京展望文化发展有限公司
印　　刷 南京新世纪联盟印务有限公司
开　　本 880毫米×1240毫米 1/32
印　　张 6.5
插　　页 4
版　　次 2024年2月第1版
印　　次 2024年2月第1次印刷
书　　号 ISBN 978-7-5447-9940-9
定　　价 38.00元

F. 斯科特·菲茨杰拉德

莱昂内尔·特里林[①]

"'就这样吧！我满足地死去，我的命运就此结束。'让·拉辛[②]的俄瑞斯忒斯说道，而他的演说远比表面上疯狂、痛苦的讽刺丰富。拉辛充分意识到这种悲剧的壮观，让俄瑞斯忒斯在悲伤地发疯之前品尝英雄无上的欢乐，以此承担供仿效的角色。"不论菲茨杰拉德从中发现了哪种阴郁的欢乐，他身上都富有这种安德烈·纪德在著文评论歌德时提及的英雄意识。这是他英雄气质的封印，他以此才能在《老爷》杂志上公开、大声地阐明他的人生展望，不致贬损，反倒增添了他的尊严。菲茨杰拉德检讨自己人生危机的几篇文章都由埃德蒙·威尔逊辑录——从诸多理由来看，他是最合适的编辑人选——它们与他的笔记、信件以及一些献诗和纪念文章一起结集成册，以其中一篇文章为题，命名为《崩溃》(*The Crack-Up*, 1945)。这是一本忧伤

① 莱昂内尔·特里林(Lionel Trilling, 1905—1975)，美国著名文学评论家、作家，哥伦比亚大学教授，对20世纪美国批评界有重要影响。著有《自由想象：论文学与社会》等。

② 让·拉辛(Jean Racine, 1639—1699)，法国古典主义悲剧代表作家。在其成名作《安德洛玛克》(*Andromaque*, 1667)中，俄瑞斯忒斯为了旧日情人爱尔米奥娜不惜"弑君渎神"，却仍无法得到对方，结果以疯狂告终。

的书，充满了失落和壮志未酬的感慨，以及肉体的病痛和精神的折磨。但菲茨杰拉德的英雄气质犹在，他如此恰当地承担了这一供仿效的角色，我们不禁要说，那不仅是一种虔敬，也是我们感受到的最贴切的表达：

> 不用眼泪，不用恸哭，
> 没有捶胸、软弱与鄙视，
> 毁谤或指责，只有正义与公平，
> 死得如此高贵，使我们安宁。①

这或许不适合所有悲伤的场合，但跟这些词句所对应的原初场景与菲茨杰拉德的生活惊人地契合。就像弥尔顿的参孙，他清楚地意识到自己滥用了天赋的神力。“我只是我才华的……平凡的保管人。”他说。他们的相似性远不止于此；在非利士人中逗留，甚至包括受伤的英雄在人群中展出，供人嘲笑取乐——这些情节都可以在1936年9月25日《纽约晚邮报》首版的特写文章中找到：一名成功的记者告诉大家他是如何费尽心机地进入一家南方疗养院，“采访”了当时患病、精神错乱而正在那里接受照料的菲茨杰拉德，真正记录下往昔辉煌与今朝耻辱间的反差。那是无中生有的东西，但仔细回想一下，经它的映衬，在菲茨杰拉德康复的几年中，他心中镇定、坚忍的道德力量显得益发强大。

① 约翰·弥尔顿（John Milton，1608—1674）最后的长诗《力士参孙》（*Samson Agonistes*）1721—1724行。力士参孙是以色列民族英雄，遭妻子出卖后，被敌人非利士人剃发剜目，沦为奴隶。在被迫为敌人演武时，他选择了与其同归于尽。这一故事取材于《旧约·士师记》。

正如有些时候在一些悲剧英雄身上看到的，菲茨杰拉德的英雄主义之根可以在爱的力量中找到。他写了很多关于爱的故事，关注男女之间的爱情，但他的实力并不只在明确描写爱情的时候才得以展现。他的力量在于风格，那是他作家气质的真实存在。甚至在他早期不成熟的作品或以盈利为目的的故事中，即使没有精心设计的风格，他的语句中也有一种温暖、柔和的调子，以及一种毫无软弱之气的高雅，后者如今是罕见而不受人欣赏的。在成为道德主义者，也是借此成为小说家的过程中，好胜心起了重要的作用。尽管作家的道德意图和他所拥有的道德意识的真相认可了这种好胜心，它仍是可怕的，有时还很残忍。菲茨杰拉德本质上是一名道德主义者，他“用某种能被接受的方式对人们进行说教”，以此作为不蹈科尔·波特、罗杰斯和哈特[①]之覆辙的理由——在对他进行评判时，我们必须牢记他自愿抑或被迫做出了多少真实选择——他有讽刺的天赋，但我们能感觉到，以他的品性，他更愿意颂扬善的，而不是抨击恶的。我们从他身上能感受到所有道德家没有的东西，他不把自己和善捆绑在一起，因为这样的捆绑会鼓励他以恶报恶——他的原初本能就是去热爱美好的东西；我们越发了解这一点，因为我们认识到他不但用心，也用他敏锐的知觉、年轻的骄傲和渴望去热爱美好的事物。

更值得一提的是，尽管我们的文化特别推崇谴责，视其为道德与才智的标志，但他的确少有抱怨他人的冲动。“克制、美言”是他笔记中的一条。说到谴责，他似乎宁愿埋怨自己，而不大愿意抱怨世界。他知道“世界”哪里

---

① 科尔·波特（Cole Porter，1891—1964）、罗杰斯（Richard Rogers，1902—1979）和哈特（Lorenz Hart，1895—1943）均为美国音乐家。

出了毛病。他明白这是悲剧的前提与背景。他清楚“是什么在困扰着盖茨比，怎样肮脏的浮尘在他梦醒时分飘浮”。但他从没说明，是这世界创造了他自身或他小说中人物——他将他们称作“兄弟”——的悲剧。在谈及自己的命运时，他实际上经常把它与自己早期成名时的社会的本质相联系，但他最终没有指责那个社会；即便是在那些比他更加自命不凡的人把所有的个人困难都归咎于“社会秩序”，并以此为时髦的时候——此时他彻底地认清了命运——他也没有指责那个社会。他感到那是他的命运——像对待菲茨杰拉德的其他问题一样，我们响应他在自由意志和环境之间保持的微妙平衡：我们应和那样的道德和理性力量。“对一流才智的检测，”他说，“是看思想兼容两种不同观点的能力，同时，还要保持应变能力。”

另外，菲茨杰拉德的爱的力量与他个人的责任感密不可分，或许，是爱造就了责任感。但悲剧英雄通常会构想和获取一份超越审慎、超越个人掌控和自我保护的爱，结果正是给予他精神高度的东西毁掉了他。从普鲁斯特那里我们学到了一种能被腐蚀的毁灭性的爱，但在菲茨杰拉德的两部成熟作品《了不起的盖茨比》和《夜色温柔》中，我们学到的爱——也许是特别美国式的一种——是被它的温柔毁掉的。它在罗曼史、感伤，甚至是“魔法”中开始——我想，没有人去关注爵士时代菲茨杰拉德的爱情描写里纯粹的“性”多么纯洁，感伤的情绪多么充沛——它大胆地肩负起了现实、永恒和责任，卸下了一种近乎受虐狂般谨慎的荣誉。需要大量审慎思维和支配力量维系的责任在明快的梦想中萌芽；菲茨杰拉德却并不是个谨慎的人，他告诉我们，在他大学时代的某个时候，“曾一直抱有的对个人主宰的渴望破灭并消失了”。他把对主宰的渴望的消失和写作能力连在一起，在笔记中写下了“要写作就要胆大”(“to record one must be unwary”)的信念。我们可以说,菲茨杰拉德仿佛以为爱情和艺术都需要个人放弃自我防御。

“责任”源自“梦想”,叶芝的话提醒我们,必须谨防用简单的话语打击未脱的稚气、拒绝接受菲茨杰拉德对青春的灿烂魔力的关注。比他更富有智慧、艺术上成就斐然的叶芝在垂暮之年仍保持了青春的虚荣。作家的光阴和他对生活的感知是相辅相成的,大学肄业的菲茨杰拉德在为人和当作家两方面都堪称楷模。

每个回想起菲茨杰拉德的人总忘不了他在非利士人中逗留的经历,他自己也时常想起这一点。大家都知道菲茨杰拉德和欧内斯特·海明威之间那场著名的对话——海明威把它写进了《乞力马扎罗的雪》,而菲茨杰拉德把它写进了笔记——在交谈中,面对菲茨杰拉德“富人与我们不同”的言论,海明威答道:“是的,他们更有钱。”人们通常认为,海明威在对话中占了上风,他也差不多提供了答案。但我们不该如此肯定。对描写社会生活的一类作家来说,即使扫除阶级差别或许能营造出道德社会声明的一时假象,也不能忽略阶级差别的事实。既然现实主义小说在18世纪阶级结构剧烈变化的过程中崛起并形成了其特质,小说家们就该紧靠阶级差别的意识来创作,像菲茨杰拉德一样专注其中,也像菲茨杰拉德一样藐视它。

毫无疑问,菲茨杰拉德对“富人”的态度有些矛盾;毫无疑问,他们不仅是他进行社会观察的对象,也似乎是美国社会所提供的最接近贵族的东西。我们不能简单地认同一位批评家最近提到的,艺术家常显示的“贵族品位,他对上层阶级的需求——通常是公开的,他以此作为其目标的一部分,已经司空见惯——无论如何都足以解释他的与众不同”。每个现代读者从概念上说都已经摆脱了卑贱出身的社会因素，不管他自身的社会地位如何，有什么样的社会欲求，他都明白不能将文学中对社会地位的爱好当真。不过，并不是所有作家都如此天真纯良——我们怎么解释莎士比亚和狄更斯笔下那些高贵的绅士，或者伏尔泰、巴尔扎克书中那些姓名里有着“德”那样可怕字眼的人物？但他们的势利——我们权且这样说——是大体、广义上的，把他们的特殊思想动力与对上流社会或贵族阶级的欲求相联系也不完全算错。作家们有个人生活现实的预期，追求各种琐碎的自由与富足以及艺术形式的和谐是一种普遍的习惯。这里要重提叶芝。谈及“世代秉承的富人的荣耀”就等于人生的富足，他认为这种想法是错误的。他说，这只是个梦想；但他继续说，它是必需的幻想——

……但荷马
如不曾发现梦之外有真实——
丰沛闪亮的喷泉来自生命的自娱，
他就不会歌唱……[①]

而处在事业起步阶段的亨利·詹姆斯在短篇小说《班伏里奥》（“Benvolio”，1875）中用寓言的手法写下了一种交互影响，它对处于创造性的禁欲主义与明快、自由、欢愉的世俗生活之间的作家来说是一种不可避免的经历；他同时也特别提出了摧毁禁欲主义的世俗欲望。

① 译文引自袁可嘉所译《叶芝诗选》（外语教学与研究出版社，2012）。这是叶芝写于1922年的《内战时期的沉思》（“Meditations in Time of Civil War”）中的9—12行。

对像歌德一样在俗世和禁欲主义之间保持平衡的人，我们宽恕他面对贵族时常怀有的荒唐情感——或许荒唐与可恕都是因为我们明白他有毋庸置疑的天赋。菲茨杰拉德不能总是严格维持这种平衡；我们知道，他不是一个谨慎的人。不错，他年轻时老是欺骗自己，但他的自我欺骗不是媚俗，因为对他而言，贵族意味着一种个人生存方式的显著差别，他大概太卑微了，不能以艺术企及。在《星期六晚邮报》登载的最无关紧要的故事里，他在最关键的时刻用上了"贵族"一词，从他的措辞，我们可以了解那个意味着显著差别的概念究竟援指什么；他谈到故事中人物的生活，那个年轻人战时在后方服役："那不算太坏——除了步兵团从前线撤回的时候，他希望自己也是其中的一员。他们身上的汗水和泥土像是禁忌的贵族标记，他永远望尘莫及。"或许，菲茨杰拉德是最后一位对这种传承自文艺复兴时期的浪漫主义幻想持肯定态度的著名作家：忠实于个人追求与英雄主义，为某种自我的理想奉献或弃置生命。对我们来说，那不过越来越像个稚气的梦；我们的社会的本质要求青年在合作、服从和对社会利益的明确忠诚中使自己卓尔不群，尽管有少数年轻人将菲茨杰拉德当作艺术英雄，可也许连这些崇拜者都不能完全领会他个人幻想的本质，因为年轻人越来越难理解巴尔扎克和斯丹达尔笔下的青年角色，他们找到更多的理由来谴责这个意志与崇高并行，并在对其生活广泛、严格的个人要求中找到表现方式的人物。

我很清楚自己把菲茨杰拉德和许多伟大的名字连在了一起，有些人可能觉得这样做对他并无益处，他们之间有天壤之别。但仅仅对于那些主要通过菲茨杰拉德年少轻狂的公众传闻来了解他的人，差距才会显得如此巨大。那些清楚地记得他成熟的作品或是读过《崩溃》的人，至少不会将这种差距看作本质差别。菲茨杰拉德本人也不这样想，其实衡量一个人，我们要从他的自我评价开始。他的自嘲是其特有的美国人的魅力，不过无论有怎样的谦逊，他仍把自己列入了名人之流，自负地评判自己。他描述自己的沮丧、描述他那“总在凌晨三点”的“灵魂黑夜”时，使用的短语不仅源于十字若望[①]，还援引了华兹华斯、济慈和雪莱所拥有的类似的绝望。他以海明威为原型的一部小说使人想起斯丹达尔也曾经描写过一位拜伦式的人物，而他针对埃德蒙·威尔逊的批评，在为《了不起的盖茨比》辩护之时，将该书与《卡拉马佐夫兄弟》相比。还有，在他屡次言及放弃，一如他多年前放弃大学时期的英勇幻想之时，他的知识分子的尊严也显露无遗：“成为歌德—拜伦—萧伯纳传统中完整的人的旧梦……已经湮没在普林斯顿新生球场上一天内废弃的成堆护肩和从未在战场上磨损的军帽之中。”而那个旧梦，从未被证明过是恰当的？举个例子，乍看起来也许是最不相关的例子：歌德在二十四岁写出了《少年维特之烦恼》，菲茨杰拉德在二十四岁出版了《人间天堂》，这里确实没有蝼蚁和巨象那样巨大的差别；两个年轻人都风流倜傥、一夜成名，都更关注生活而不是艺术，都是躁动同龄人的代言人和象征。

菲茨杰拉德有意识地将自己列为大师，从中获益匪浅。他是个“天才”，但他没有当代一些美国作家的观念，即如果把自己和以往的大师们相比，或仅仅有这样的想法——对于一名作家而言，那意味着真正了解他的前辈们做过什么——就会危及个人的天资。阅读菲茨杰拉德写给他女儿的信

---

① 十字若望（John of the Cross，1542—1591），西班牙天主教神父，天主教改革的重要人物。

（它们是我所知的最好、最动人的信件），捕捉他谈论以往文学的语调，或阅读他忠实保留下来的、像塞缪尔·巴特勒[1]那样当成索引的笔记，并意识到他对文学的思考是多么具有延续性，我们就可以获悉菲茨杰拉德作品具有持续影响力的秘密。

以《了不起的盖茨比》为例，在四分之一个世纪以后它仍和当初出现的时候一样鲜活；它甚至已经充分展示了自身的分量和适应性，这在同时期的其他美国作品中是少有的。我认为，这理应归功于特定的知识分子的勇气，作品在这种勇气中孕育和成形，这种勇气也暗示着菲茨杰拉德——从意识和应用上——对有效传统资源的领悟。因此，《了不起的盖茨比》作为当时风尚的记录引起了人们广泛的兴趣，但如果菲茨杰拉德将这一特定的历史时刻仅仅作为纯粹的场景，如果他按照19世纪伟大的法国小说家的路子，不把这一时刻当作道德事实来理解，那么这部小说可能只会局限在它的时代。同样，这种知性理解的勇气也是它的主人公盖茨比成功的原因——有人说这个人物不太可信，但在他蕴含的重大意义面前，文学可信度的问题就变得微不足道了。面临权力与梦想的沟壑的盖茨比，不可避免地代表着美国本身。我们是唯一一个为梦想骄傲，并赋予它“美国梦”之称的国家。我们被告知：“实际上，长岛西蛋的杰伊·盖茨比从他自己的柏拉图式的理念中降生。他是上帝之子——如果这个词语代表什么意义的话，那就是字面的意思——他必须效力于他父亲的事业，一项宏大、世俗、华而不实的美的事业。”很明显，菲茨杰拉德就是希望我们把注意力转向产生于“柏拉图

① 塞缪尔·巴特勒（Samuel Butler，1835—1902），英国作家，著有《埃瑞洪》（*Erewhon*）、《众生之路》（*The Way of All Flesh*）等。

式的理念”的国家本身。对这个世界来说，美国就像是小说中的盖茨比，畸形地酝酿着大量被幻想罗曼史缠绕的原生力量。不过，那种畸形不论好坏都是我们国民生活的真谛，就像现在我们回想的一样。

我们可以肯定，要是该书的形式与风格不像最初设定的那样合适，它的重要性不可能像现在这样与日俱增。它形式精巧，颇有知识分子的天才，而不是匠气。换句话说，它的结构不是精心“打造”的结果——好的小说绝不会这样——它是小说思想灌注的必然后果，那需要彻底透视世界的锐利眼光。因此，人们将会观察到，他的人物不是“加工改良”出来的：富有、粗鲁、被自己对文明末日的“科学”洞见所困扰的汤姆·布坎南，有隐约负罪感和暧昧同性恋倾向的乔丹·贝克，以及操纵了1919年世界棒球联赛、悲观阴郁的沃尔夫山姆……我们可以说，作者像对待表意文字一样用经济的手法表现着他们，一如他刻画华盛顿高地的公寓、长岛铁路上所见的糟糕的“灰谷”、盖茨比多次的宴会和广告牌上眼科医生那巨大而肮脏的眼睛一样。(这是一种将小说和《荒原》联系起来的手法，该诗作者和菲茨杰拉德之间存在着惺惺相惜的赞赏。)盖茨比这个人物本身一旦被确定下来，便只在叙述者的看法中成长。作品很少允许他自己发表看法。实际上，除了那句著名的“她的声音充满了金钱”，他只说过一句让人记忆深刻的话，不过那句评论充满了知识分子的胆魄——当他被迫承认他失去的黛西的确可能喜欢自己的丈夫之时，他说：“不管怎样，那不过是身体上的事。”在这句话里，他成就了一种愚不可及的伟大，这使我们相信，他真的是他自己的柏拉图式的理念，他在某种意义上的确是上帝之子。

诗歌成功的基础，比诗的形式或是比喻的智慧更重要的事物，是诗人的声音。它让我们相信诗人说的话，或者告诉我们平时不大聆听的东西；它带有韵律和生动的形式。在小说中，作者的声音并不比诗人的声音次要，它是一种决定性的因素。但由于它是连续累积的，在小说中我们更少地意识到它的存在，谈论小说的艺术元素时也不能通过引用予以证明。在菲茨杰拉德的作品中，这种散文的声音是成功的关键所在。我们立刻从中听到了一种怜惜人类欲望的温情，这种温情减缓了道德审判所具有的真正的坚定性。我斗胆说，这是小说家正常的，或者说是理想的声音。从特征上讲，它是谨慎的，但在其中包含了一种不用辩护，也缺乏自我意识的宽大与庄严，它源自菲茨杰拉德与传统和思想的联系，源自他对以往成就以及这一成就所提要求的感知。“……我逐渐意识到这就是当年令荷兰水手眼睛为之一亮的古老岛岸——新世界一片清新、碧绿的胸脯。它那些消失的树木，那些为建造盖茨比的大宅而砍伐掉的树木，曾经沙沙低语，迎合着人类最终也是最伟大的梦想；在那电光火石般的神妙瞬间，人面对着这片大陆一定是屏息惊异，不由自主地沉入一种自己既不理解也不渴求的美学冥想之中，在历史上最后一次目睹令他叹为观止的奇景。”在大家熟知的这一节当中，叙述的声音有些戏剧化，还有些故作姿态，不过，对于一个蕴含高潮和结局的章节来说，它却不会显得不恰当。

像他的主人公们一样，菲茨杰拉德缺乏审慎，也缺乏自我保护的直觉，那是作家必备的素质，而美国作家则应加倍注意。但他所缺失的也仅此而已——这是一种高尚的缺陷，甚至是英雄式的缺陷。他这样谈到盖茨比：“如果说人的个性就是一系列连续不断的成功姿态的话，那么这个人倒是有他瑰丽的地方，他对人生的希冀有一种高度的敏感，仿佛一台复杂精密的仪器，能够探测万里以外的地震。这种响应能力与通常美其名曰‘创造性气质’的那种软绵绵的感受性毫不相干——它是一种永怀希望的非凡天赋，一种充满浪漫气息的跃跃欲试，是我从来没有在其他任何人身上发现过的，今后大概也不会再发现了。”正是如此，当菲茨杰拉德作为一个典型存在，我们才被他吸引，对他瞩目。

（孙薇　译）

CONTENTS · 目录

再致泽尔达

那就戴上金帽子，如果可以打动她；
倘若你能蹦得高，也为她蹦起来，
直到她叫喊“情郎，戴金帽、蹦得高的情郎，
我一定要得到你！”

——托马斯·帕克·丹维里埃

第一章

在我年纪还轻，心智也更脆弱的时候，父亲给过我一条建议，从那以后我一直在心里时时回味。

“每当你想要批评别人的时候，”他告诉我，“都要记住，这个世界上并不是人人都有过你那样的优越条件。”

他没有再说什么。我们父子之间言语不多，却向来都是极为默契的，我自然明白他的意思远不止此。时间一久，我待人接物总是倾向于保留一切看法，这个习惯使得很多性情怪僻的人向我敞开心扉，同时也累我沦为不少老油子讨厌鬼的受害者。正常人身上一旦显露这种特质，心理不正常的人很快便会察觉，如蛆附骨般粘上来。如此一来，我在大学里就被人不公正地指责为政客①，因为我听闻了一些放荡的无名之辈的隐秘伤心事。其实大多数隐私并不是我有意窥探来的——当我根据某种明白无误的迹象，意识到又一场倾诉衷肠正在地平线上颤抖的时候，我常常佯装睡觉，或做心事重重状，或故示轻佻，显得不怀好意；因为年轻人倾诉衷

① 意为巧妙或狡猾的操纵者。

肠，至少他们表达这些知心话所用的言辞，往往都是剽窃来的，而且坏在并不诚实，多有明显的隐瞒。保留看法是表示怀有无限的希望。正如父亲在他的话里自矜自是地暗示，而我又在此自矜自是地重复的那样，最根本的体面感并不是人人生来均等的；今天我依然唯恐忘记了这一点而有所错失。

不过，这般夸耀我的宽厚之后，我也得承认宽厚是有限度的。人的行为，有的建基于坚硬的岩石，有的植根于潮湿的泥沼，然而一旦过了某个限度，我就不去在意它的根源如何了。去年秋天从东部回来的时候，我恨不得全世界人人都穿上军服，并且永远保持一种道德上的立正姿势；我再也不想做这种放浪的远行了，尽管可以有幸一窥人的内心深处。我的这种反应唯有对盖茨比，就是赋予本书书名的那个人，是个例外——盖茨比，他代表了我真心鄙夷的一切。如果说人的个性就是一系列连续不断的成功姿态的话，那么这个人倒是有他瑰丽的地方，他对人生的希冀有一种高度的敏感，仿佛一台复杂精密的仪器，能够探测万里以外的地震。这种响应能力与通常美其名曰“创造性气质”的那种软绵绵的感受性毫不相干——它是一种永怀希望的非凡天赋，一种充满浪漫气息的跃跃欲试，是我从来没有在其他任何人身上发现过的，今后大概也不会再发现了。不——盖茨比最终并没有令我失望；使我对人们徒然的悲哀和短促的亢奋暂时丧失兴趣的，倒是那些猎食盖茨比的东西，是他的幻梦破灭后紧随而来的污浊的灰尘。

我家世居这座中西部城市，已历三代，是本地有头有脸的富裕人家。卡拉维家族算得上名门，据家里传说我们是苏格兰巴克卢公爵[①]的后裔，但我这一支的实际先祖是我祖父的兄长，他于一八五一年迁来这里，南北战争期间支了个替身去打仗，之后便做起了五金批发生意，也就是我父亲今天还在经营的买卖。

我从未见过这位伯祖父，但我应该是长得像他——父亲办公室里挂着的那幅铁板着脸的肖像画便是明证。一九一五年我从纽黑文[②]毕业，比我父亲刚好晚了四分之一个世纪，不久以后我就参加了那场延迟版的条顿人大迁徙[③]，也称世界大战。我在反攻中得到了无穷乐趣，退伍回来只觉得烦躁不安。中西部不再是世界温暖的中心，如今倒像是宇宙荒凉的边缘了——于是我决定到东部去，学做债券经纪。我认识的人全都在做债券生意，所以我想这行当应该还能再养活一个单身汉吧。我的叔伯姑婶们聚在一起好一番磋商，俨然是在为我挑选预备学校[④]，他们终于说道："呃——那么……行吧。"一个个面色异常严峻，充满了疑虑。父亲答应资助我一年，之后几经耽搁，我终于在一九二二年春天到了东部，自以为这回是一去不返的了。

在城里找地方住当然是现实的办法，但那时已是温暖的季节，而我又刚刚离开草坪宽阔、树木宜人的乡村，因此当办公室里一个年轻人提议去近郊

---

① 第一任巴克卢公爵为英国国王查理二世的私生子詹姆斯·司各特（1649—1685），其后裔中包括作家沃尔特·司各特。当前的第十任巴克卢公爵是苏格兰最大的土地私有者之一。

② 纽黑文（New Haven），耶鲁大学所在城市。

③ 条顿人是发源于丹麦的古代日耳曼人部族。公元前2世纪，条顿人与辛布里人展开了一场纵横整个欧洲的大迁徙。他们的"移民迁徙"实际上就是侵略。尼克在这里借条顿人大迁徙嘲讽两千年之后（故曰"延迟"）的德国入侵。

④ 预备学校，为富家子弟开办的私立寄宿学校。

通勤城镇合租一所房子的时候，我觉得那是一个极好的主意。他找到了房子，是一座风雨剥蚀的薄板平房，月租八十美元，可是我们正要搬家，他却被公司调去了华盛顿，剩下我只得独自搬去郊外。我有一条狗——至少我有过那么几天它才跑掉——一辆老旧的道奇汽车和一个芬兰女佣，她替我收拾床铺兼做早饭，一边在电炉上忙碌，一边自言自语嘟哝着芬兰人的智慧。

头一两天我感觉很是孤单，随后一天早上，有个显得比我还新来乍到的人在路上拦住了我。

“请问去西蛋村怎么走？”他无助地问我。

我告诉了他。我继续往前走着，竟然不再感觉孤单了。我成了向导、探路人、原初的殖民者。他无意之中向我授予了这片社区的荣誉市民称号。

就这样，眼见得阳光明媚，树木忽然间缀满绿叶，就像在电影里那样飞快生长，我又有了那个熟悉的信念：随着夏日来临，生命又要重新开始了。

别的不说，我有那么多书要读，而且空气如此清新宜人，更有那么多健身活动可做。我买了十几部关于银行、信贷和投资证券的书，一本本红皮烫金的，立在书架上，仿佛刚从造币厂出来的新钱，等着为我揭示只有迈达斯、摩根和梅塞纳斯[①]才知道的点金秘诀。除此之外，我还很想读读许多别的书。我在大学时颇有点文学爱好——有一年我给《耶鲁新闻》写过一系列非常严肃而又浅白的社论——现在我准备把所有这些东西重新纳入我的生

---

① 迈达斯（Midas），亦译“米达斯”，希腊神话中的弗里吉亚国王，有点物成金的本领；摩根（J. P. Morgan，1837—1913），美国金融家和投资银行家；梅塞纳斯（Gaius Maecenas，约前70—前8），罗马帝国皇帝奥古斯都的谋臣，外交家，以资助文学艺术闻名。这里以头韵的方式将摩根插进两个经典人物中间，是一种俏皮的玩法。

活，再度成为所谓“通才”，也就是所有专家中最浅薄的那一种。这并不只是一句俏皮话——毕竟，观察人生还是从单一窗口入手有成效得多。

纯粹出于偶然，我应该是在北美最离奇的一个小镇里租了房子。小镇位于纽约市朝东延伸出去的狭长恣肆的岛上——那里除了其他天然奇观，还有两块在构造上异乎寻常的陆地。距城二十英里，是一对硕大的鸡蛋形半岛，轮廓一模一样，中间只隔着一条勉强可称海湾的水道，一直突入西半球被驯化得最为彻底的那片咸水域，那是长岛海湾巨大的潮湿场院。它们并非完美的卵圆形——就像哥伦布故事里的鸡蛋那样，它们接触陆地那头都是砸扁了的——但是二者外形之相似，一定会使天上飞过的海鸥惊异不已。对于没长翅膀的人类来说，一个更有趣的现象却是这两个地方除了形状大小，竟然没有一丝一毫相似之处。

我住在西蛋——呃，就是相比起来不太时尚的那一个，尽管这是个极其表面的标签，无法表达二者之间那种怪异而又极为险恶的反差。我的房子在蛋的最顶端，离海湾也就五十码，被挤压在两幢每季租金要一万二到一万五的大别墅中间。我右边的那一幢，无论按照什么标准都称得上宏伟富丽——它是诺曼底[①]某市政厅的原样翻版，一侧有座崭新的塔楼，上面稀疏地覆盖着一层自然生长的常春藤，还有一个大理石砌成的游泳池，以及四十多英亩的草坪和花园。这是盖茨比的宅第。或者确切地说，这座宅第居住着一位称那个名字的绅士，因为我当时还不认识他。我自己的房子实在有碍观瞻，幸而只是小小地碍眼，并没有人注意，因此我才有机会欣赏

---

① 诺曼底（Normandy），法国北部大区，多古色古香的城堡。

一片海景，欣赏邻居的一部分草坪，再说能与百万富翁为邻也算是一种安慰——而这一切每月只需八十美元。

小湾对岸是时尚的东蛋，沿着水边一座座洁白的殿宇光彩耀眼，而那个夏天的故事，就是从我开车去对岸汤姆·布坎南夫妇家吃饭的那个晚上真正开始的。黛茜是我的远房表侄女，汤姆呢，我在大学里就认识。战争刚结束时，我还到芝加哥他们家住过两天。

她的丈夫取得过各种体育成就，曾是纽黑文橄榄球运动有史以来最强悍的边锋之一——算得上全国闻名的人物；这一类人，二十一岁就在某个有限领域取得登峰造极的成就，此后一切都不免带有走下坡路的味道了。他家里非常富有——其实在大学时，他那种恣意挥霍就已经惹人非议了——但是现在他离开芝加哥搬到东部来了，搬家的排场简直要让你惊得目瞪口呆，比如说，他从森林湖[①]把整整一绳马球马[②]都给运了过来。难以相信我这一辈中竟然有人阔绰到这种程度。

他们为什么搬到东部来，我不知道。他们在法国逗留了一年，也没什么特别的理由，后来又东飘西荡的，总是不安定，所到之处都是人们打马球且扎堆有钱的地方。这次可是定居了，黛茜在电话里说，不过我并不相信——我看不透黛茜的心思，但是我觉得汤姆会永远漂荡下去，有些失意地追寻某场无法重演的橄榄球赛的戏剧性激流。

于是，恰逢一个温暖有风的傍晚，我开车去东蛋看望这两位我几乎完全不了解的老朋友。他们的房子比我想象的还要精巧复杂，是一座欢快的红

---

① 森林湖（Lake Forest），芝加哥北部郊区市镇，位于密歇根湖沿岸。

② 高级别（high goal）马球手的“一绳”马球马通常多达十匹以上。

砖白漆乔治时代[1]殖民式豪宅，俯瞰着海湾。草坪从海滩起步，直奔大门而去，路程足有四分之一英里，一路跳越日晷、砖径和鲜花盛开的小花园——终于冲到房子跟前，仿佛借着奔跑的势头，一化而为亮绿的常春藤，继续沿墙攀爬。房子正面开有一溜法式落地长窗，此刻映着金色的夕阳余晖，大敞着迎接傍晚的暖风。只见汤姆·布坎南一身骑装，两腿叉开站在前廊平台上。

比起纽黑文时代，他的样子已经变了。现在他是一个身体强壮、头发稻草色的三十岁男人，嘴唇看着颇为严苛，态度高傲自大。两只傲慢的眼睛炯炯有光，夺取了他的整个脸庞的控制权，使他显得像要随时盛气凌人地逼上来。甚至他那套骑装，即便颇有女人气的优雅与招摇，也掩藏不住那副身躯的巨大能量——他仿佛要填满那双铮亮的皮靴，直到把鞋带绷得紧紧的；他的肩膀转动时，你可以看见薄薄的上衣底下一大块肌肉在游走。这体格尽可以极大地威慑他人——残酷的身躯。

他说起话来是生硬、沙哑的男高音，这就更加深了他给人的暴躁易怒的印象。话音中还带着些许长辈教训人的口吻，即使对他喜欢的人也是如此——不消说，在纽黑文的时候就有不少人恨死了他。

"听着，不要仅仅因为我比你强壮，更有男人气概，"他似乎在说，"就以为我对这些问题的意见是最终定论。"我们都加入了同一个高年级社团；尽管我们从未走得很近，但我总觉得他很赏识我，而且带着一些他特有的那种粗野、蛮横的怅然不舍之意，希望我也喜欢他。

---

① 乔治时代指英国国王乔治一世至乔治四世统治时期（1774—1830），该时期的建筑以对称、均衡为特点。

我们在洒满余晖的前廊聊了几分钟。

“我这地方很不错。”他说着，眼光不住地往四下里闪烁。

他抓住我的胳膊让我转过身去，然后伸出巨大的手掌展示眼前的景色，一挥手拂过了一座凹陷式意大利花园，半英亩香气浓郁的深色玫瑰花，以及海边一艘随浪潮起伏的短鼻汽艇。

“这地产原先属于德梅内，石油大王[1]。”他又把我转了回来，客气而又突兀。“我们进屋去。”

我们穿过一道高高的走廊，进了一间明亮的玫瑰色大厅，两端的法式落地长窗把这间厅室纤巧地嵌在房子里。落地窗都半开着，洁白光亮，映衬着外面那片仿佛就要长进屋子里来的嫩草。一阵轻风透屋而过，把一端的窗纱吹进来，又把另一端的窗纱吹出去，好像白色飘飞的旗，它们扭结着飘向天花板上有如糖花婚礼蛋糕的吊灯，然后轻轻拂过酒色的地毯，留下一片隐约的阴影，仿佛风掠过了海面[2]。

房间里唯一不动的物件是一张巨大的沙发床，上面飘浮着两位年轻的女子，仿佛身处一个绳索拴定的大气球上。她们都是一身白衣，衣裙在风中翩然飘舞，好像她们绕着房子小小地飘飞一圈后刚刚让风吹回来似的。我想必是呆立了好一会儿，倾听窗纱在风里飞舞的噼啪声和墙上一幅肖像的咕哝抱怨。忽然听得砰的一声，汤姆·布坎南关上了后面几扇落地窗，房间

---

① 虚构人物。“the oil man” 亦即玩油的人，这里幽默地提及了画家哈利·德梅内（Harry DeMaine，1880—1952）。

② 荷马史诗《奥德赛》中经常以“酒色”形容大海：在酒色的海上（epi oinopa ponton）。本书以奥德修斯回家之路暗喻盖茨比对他的梦想的追求。

里的余风这才渐渐止息，窗帘、地毯和那两位年轻女子也都慢慢飘落地面。

两人中比较年轻的那位，我完全不认识。她全身舒展，躺在长沙发床的一端，一动也不动；她的下巴稍微向上翘起，仿佛在平衡上面顶着的什么东西，生怕它掉落下来。即使她用眼角的余光瞥见了我，也没有表露半分——真的，我惊讶得几乎要讷讷地向她道歉了，为我走进来惊扰了她。

另一位女子，黛茜，从沙发上努力起身——她微微前倾，一脸认真的表情——随即扑哧一声，滑稽而又迷人地轻轻一笑，我也跟着笑了，上前几步走进屋里。

“我高兴得都瘫——瘫掉了。”

她又是一笑，好像刚才说了一句特别机智的话，接着拉起我的手，仰着脸打量了我好一会儿，眼神好像在保证这世界上再无第二人她这么想见到了。那是她特有的一套。她低声告诉我那个玩平衡动作的女孩姓贝克。（我听人说，黛茜说话低声咕哝就是为了让人靠她近些；这当然是不相干的闲话了，丝毫没有减损这样说话的魅力。）

不管怎样，贝克小姐的嘴唇算是微微动了一下，她朝我几乎不可察觉地点了点头，随即赶忙又把头仰了回去——她在维持平衡的那个物件显然摇晃了一下，把她吓了一跳。道歉的话又一次涌到了我的唇边。只要有人展现彻底的我行我素的做派，差不多总能令我由衷惊叹，佩服得五体投地。

我回过头来，我的表侄女开始用她那低低的、魅人的声音向我问这问那。这是那种叫人耳朵上下追随的声音，仿佛每句话都是一段音乐，一经演奏便成绝响。她的脸忧郁而又迷人，有着明媚的神采——明亮的眼睛，鲜明而热情的唇齿，然而她声音里更有一种激情，关爱过她的男人都觉得难以忘怀:一股抑扬动听的诱惑力,一声私语呢喃的“听着”,一种许诺,道来片刻以前刚刚做过一些快乐、刺激的事情,而且还有快乐、刺激的事情在后头呢。

我告诉她,我来东部的途中曾在芝加哥停留一天,有十来个朋友托我向她问好。

“他们都想我吗?”她心醉神迷地喊道。

“全城一片孤独凄凉。所有的汽车都把左后轮涂黑,当作悼念花圈,城北的湖边整夜听到有人哀恸哭泣。”

“真是太美了!我们回去吧,汤姆。明天就走!”随后她毫不相干地补充道:“你该去看看宝宝。”

“很想看看。”

“她在睡觉呢。她三岁了。你从没见过她吗?”

“从来没有。”

“那,你应该看看她。她——”

汤姆·布坎南一直坐立不安地在屋子里来回晃荡,此刻停了下来,把一只手搭在我的肩上。

“你干哪一行,尼克?”

“在做债券经纪。”

“哪家公司?”

我告诉了他。

“没听说过。”他直截了当地说。

这话让我有点恼火。

“你会的。”我不客气地回敬道,“你在东部住下来就会知道。”

“噢，我会在东部住下来的，你不用担心。”他说着，瞟了一眼黛茜，再回看了我一下，仿佛提防着我们还会扯出别的什么来，“我要是住到别处去，就是个该死的傻瓜了。”

就在这时，贝克小姐说：“绝对如此！”来得那么突兀，把我吓了一跳——这是我进屋子以来，她吐出的第一句话。显然这话也让她自己同样吃惊，因为她打了个哈欠，随即做了一连串迅速而灵巧的动作，就此站了起来。

“一身酸痛，”她抱怨道，“都不知道在那张沙发上躺多久了。”

“你可赖不着我，”黛茜回嘴说，“我一下午都在拉你去纽约。”

“不了，谢谢。”贝克小姐对着刚从配餐间端出来的四杯鸡尾酒说，“我绝对是在训练中。”

东道主不相信地看着她。

“你在训练！”他一口吞掉了自己的酒，仿佛喝的只是杯底的一滴。“你到底是怎样做成事情的，我还真弄不明白。”

我看看贝克小姐，心里好奇她“做成”的是什么事。我颇有兴味地看着她。她是个身材苗条、胸部平坦的女孩，仪态本已挺拔，更特意像个年轻的军校学员那样挺起胸膛。她那双被阳光损伤的灰色眼睛配在一张苍白、迷人而又不安分的脸上，此刻也正看着我，回敬着礼貌的好奇心。我这才想起以前在哪里见过她，或者她的照片。

“你住在西蛋。”她语带不屑地说，“那边有个人我认识。”

“我一个人也不认——”

“你一定认识盖茨比。”

“盖茨比？”黛茜追问道，“哪个盖茨比？”

我还没来得及回答说他就是我的邻居，外面宣布晚餐准备好了；汤姆·布坎南一条肌肉绷紧的手臂不由分说插在我的腋下，把我从屋子里架出去，好像在把一颗棋子推到棋盘的另一格。

两位年轻女子，手轻轻搭在腰上，袅娜地、慵懒地走在我们前面，来到外面玫瑰色、面朝夕阳的游廊，那里餐桌上四支蜡烛在已经减弱的风中摇曳。

“点蜡烛[1]干吗？”黛茜皱着眉，反对道。她打了个响指把烛火灭掉了。“再过两个星期就是一年里最长的一天了。”她看着我们，满面生辉。“你们是不是总在等一年里最长的一天，到时候却又错过？我总在等一年里最长的一天，到时候却又错过。”

“我们应该计划点什么。”贝克小姐打着哈欠，一边在餐桌旁坐下来，好像她是在上床睡觉。

“好吧，”黛茜说，“我们要计划什么呢？”她转向我，无助地问：“人们计划些什么？”

我正要回答，她已经一脸惊惧地死盯着她的小手指了。

“看哪！”她抱怨道，“我把它弄伤了。”

我们都看了——指关节有点青紫。

“是你搞的，汤姆。”她控诉道，“我知道你不是故意的，但就是你搞的。这是我的报应呢，嫁给了这么个粗野的男人，一个又粗又大又笨拙的野兽活标——”

“我最恨‘笨拙’那个词，”汤姆愤愤地抗议，“开玩笑也不行。”

---

① 原文为斜体，以示强调，此处相应变化字体。之后相同情况不再另做说明。

“笨拙。”黛茜犟嘴道。

有时候她和贝克小姐同时在说话，悄悄窃窃地，不过是彼此打趣，说些无关紧要的话而已，绝对算不上喋喋不休，清淡得跟她们的白色衣裙以及不带个人情感、没有任何欲望的眼睛一样。她们坐在这里，应酬着汤姆和我，不过是尽力客客气气地款待客人或者接受款待。她们知道晚餐不久就会结束，再过一阵子这一晚也将过去，被随意打发掉。这是跟西部截然不同的，在那里，待客的夜晚总是从一个阶段匆促地赶往另一个阶段，一直推向夜宴结束，对于那一刻本身的到来充满了持续失望的期待，或者纯粹紧张的恐惧。

“你让我感觉自己还不够文明，黛茜。”我喝着第二杯有点软木塞味却相当出色的波尔多红葡萄酒，坦承道，“你不能谈谈庄稼或者别的什么吗？”

我这句评论倒没有什么特殊用意，却被人从一个出乎意料的角度接了过去。

“文明正在分崩离析。”汤姆激烈地爆发道，“我已经对这个世界极度悲观了。你读过一个叫戈达德的人写的《有色帝国的兴起》[①]吗？”

“啊，没有。”我答道，对他的语气颇有点吃惊。

“呃，这是一本好书，每个人都应该读一读。这本书的论点是，如果我们还不警惕，白色人种将会——将会被彻底淹没。讲的全是科学的东西，都已经被证明了的。”

“汤姆现在是越来越高深了。”黛茜说，脸上流露出一种并不过心的伤

---

① 显然是仿斯托达德（Lothrop Stoddard，1883—1950）的《有色人种的兴起浪潮：对抗白人世界至上主义》（*The Rising Tide of Color Against White World-Supremacy*，1920）一书编造的。

感,“他读一些深奥的书,里面尽是一些长长的字眼。那个单词是什么来着,我们——”

“好了,这些书都是科学严谨的。”汤姆坚持道,不耐烦地瞅了她一眼,“这个家伙创立了整套理论。就看我们这个占统治地位的种族要不要提高警惕了,不然其他种族就会掌控一切。”

“我们非把他们打垮不可。”黛茜低语道,对着狂热的太阳使劲挤了一下眼睛。

“你们应当住在加利福尼亚[①]——”贝克小姐开口道,可是汤姆在椅子上重重地挪了一下身子,打断了她。

“这个论点是说我们是北欧民族。我是,你是,你也是,还有——”稍稍犹豫了一下之后,他略略点头把黛茜也包括了进去,于是她又冲我挤了挤眼。“——而我们创造了构成文明的所有那些东西——噢,科学和艺术,所有这些。你们明白吗?”

他这样倾心投入看着真有点可怜,似乎他的自负,虽然比往日更加强烈,却已经不敷使用了。正在这时,屋子里电话铃响了,管家离开游廊,于是黛茜立刻抓住这片刻打岔的机会,向我靠了过来。

“我来告诉你一桩家庭秘密。”她热切地低语道,“是关于管家的鼻子的。你想知道管家鼻子的秘密吗?”

“那就是我今晚过来的原因啊。”

“嗯,他本来不是做管家的;他从前在纽约给人家擦银器,他们经营两

① 当时加州到处都是“其他种族”,住到那里才能“打垮”他们。

百人的银式餐饮服务[①]。他不得不从早到晚擦呀擦，最后他的鼻子开始受不了啦——”

“事情越弄越糟。”贝克小姐提了一句。

“是的。事情越弄越糟，到头来他只好辞掉不干了。”

一时间，夕阳的余晖含情脉脉地落在她光艳的脸上；她的声音驱使我凑上前去屏息倾听——随后光彩慢慢褪去，每一道光线都依依不舍地离她而去，就像黄昏时孩子们离开一条愉快的街道。

管家回来跟汤姆耳语了几句，汤姆听了眉头一皱，往后一把推开椅子，一言不发地走进了屋子。他这一走似乎更催动了黛茜内心里什么事，她又靠了过来，声音泛着光彩，像唱歌一样。

“我喜欢你来我这儿吃饭，尼克。你让我想到一——一朵玫瑰，绝对是一朵玫瑰。不是吗？”她转向贝克小姐，要她确认，“绝对是一朵玫瑰吧？”

这话没道理。我跟玫瑰花压根没有任何相似之处。她不过是随兴所至乱说一气，却又流露出一种动人的热情，仿佛她的心就藏在那些喘不过气来、令人心颤的话语里，要跳出来向你诉说。随后她突然把餐巾往桌上一扔，说声“对不起”就走进屋里去了。

贝克小姐和我很快地交换了一下眼色，都故意不带任何表情。我刚要开口说话，她警觉地坐直身子，说了声“嘘！”，提醒我别出声。听得见那边屋子里传来压低的、激切的咕哝声，于是贝克小姐毫无顾忌地探身向前，竭力谛听。那喃喃低语模模糊糊的难以听得真切连贯，一时低沉下去，又激动

① 银式餐饮服务（silver service），餐桌上的一种上菜方式，侍者用餐叉和勺子从客人左侧将食物从配菜盘移入客人的餐盘。

地高扬起来，终于戛然而止。

“你提到的盖茨比先生是我的邻居——”我开口道。

“别说话。我要听听出了什么事。”

“出事了吗？”我天真地问。

“难道你真的不知道？”贝克小姐说，着实感到意外，“我以为人人都知道呢。”

“我可不知道。”

“呃——”她犹豫地说，“汤姆在纽约找了个女人。”

“找了个女人？”我茫然地重复道。

贝克小姐点了点头。

“她起码应该懂点礼节吧，吃饭的时候就别给他打电话了。你不觉得吗？”

我还没怎么弄懂她的意思，只听见一阵衣裙窸窣和皮靴嘎吱的声响，汤姆和黛茜都回到了餐桌边。

“唉，有啥办法！”黛茜强作轻松地大声说。

她坐下来，探究地扫了一眼贝克小姐，然后是我，接着说：“我到外面去看了一下，外面真的是浪漫极了。草坪上有一只鸟，我想一定是夜莺，搭乘冠达邮轮或者白星航运[①]的轮船过来的。它在唱歌解——”她的声音也在歌唱，“好浪漫啊，是不是，汤姆？”

“非常浪漫。”他说。然后他一脸愁苦地对我说：“吃过饭要是天还不太

---

① 冠达邮轮（Cunard Line）和白星航运（White Star Line）是两家著名的英国航运公司，经营横跨大西洋的豪华邮轮。

黑，我想带你去看看马房。”

里面电话又令人心惊地响了起来，黛茜对汤姆断然地摇了摇头，于是马房的话题，事实上所有的话题，都消失得无影无踪。在餐桌上最后五分钟的残碎印象中，我记得蜡烛又无缘无故地点上了，我自知想要正眼看着每个人，却又避开了所有人的目光。我无法猜度黛茜和汤姆在想什么，但是我怀疑，就连贝克小姐那样似乎对一切都抱持某种坚定的怀疑主义态度的人，也未必能把这第五位客人尖厉刺耳的迫切呼唤完全抛至脑后。对某种性情的人来说，这个局面也许显得特别有意思——我个人的本能反应是立刻打电话叫警察。

看马房的事，不消说，再没有被提起。汤姆和贝克小姐，彼此隔着几英尺的暮色，漫步走回书房，好像真的要到一具摸得着的尸体旁边守夜去；而我则努力做出愉快感兴趣的样子，加上一点装聋作哑，跟随着黛茜穿过一连串回廊，走到前面的阳台。在幽深的昏暗中，我们并排坐在一张长藤椅上。

黛茜双手捧脸，好像在感受那可爱的外形，她的眼光慢慢放开，投进天鹅绒般的暮色中。我看得出她的情绪躁动不安，于是问起她的小女儿来，我想这些问题可以让她定一定神。

“我们两个并不是很熟，尼克，”她忽然说道，“尽管我们是表亲。我的婚礼你也没来。”

“那时我打仗还没回来。”

“那倒是。”她犹豫了一番。“唉，我的日子过得很不好，尼克，现在我把一切都看透了。”

显然她的愤世嫉俗是有缘故的。我等待着，可是她没有再说下去。过了一会儿，我相当疲弱地又把话题转回到她女儿身上。

“我想她会说话了吧，还会——吃，什么都会了吧。”

“噢，是的。”她心不在焉地看着我。“听我说，尼克，我来告诉你她出生的时候我说的话。你想听吗？”

“非常想听。”

“你听了就会明白我为什么看透了——一切。唔，她出生还不到一个小时，汤姆就跑到天知道哪里去了。我从麻醉中醒来，有一种彻底被遗弃的感觉，于是立刻问护士是男孩还是女孩。她告诉我是个女孩，我就背过脸去哭了起来。‘也好，’我说，‘我很高兴是个女孩。我还希望她将来做个傻瓜——那是女孩子在这个世界上能有的最好出路，一个漂亮的小傻瓜。’

“你看到了吧，总之我认为一切都是一团糟。”她确信不疑地继续道，“人人都这样认为——那些最高端的人都是这样。而我知道。我什么地方都去了，什么世面都见了，什么事情也都干了。”她两眼闪烁有光，挑衅地四下环顾，颇有汤姆之风，于是她笑了，笑声充满令人毛骨悚然的讥嘲。“世故——天哪，我老于世故了！”

她的话音骤停，不再迫使我注意她、相信她的那一刹那，我就感觉她刚才所说的根本不是真心话。这令我很是不安，似乎整个晚上就是一个圈套，在向我勒索一份分摊的情绪。我等待着，果不其然，过了一会儿她朝我看的时候，可爱的脸上就露出一个十足的假笑，仿佛她已经表明身份，她和汤姆同属一个颇为尊贵的秘密社团。

里边，那间深红色的大厅灯火辉煌。汤姆和贝克小姐各自坐在长沙发的一头，她拿着一本《星期六晚邮周刊》在念给他听——那些字句听来有如窃窃私语，又不加抑扬顿挫，流动在一起形成一种舒缓的调子。灯光落在他的靴子上十分明亮，而在她秋叶般的黄发上却很暗淡；每当她翻过一页，臂上秀美的肌肉微微一颤，这时灯光又沿着纸页闪烁。

我们走进屋子，她举起手来示意我们安静片刻。

“待续，”她说着，把杂志往桌上一扔，“且听下期分解。”

随着膝盖一阵不安的躁动，她的身体宣示了自己的存在，于是她站了起来。

“十点了。”她宣布，好像是在天花板上看到了时间，“这个乖女孩该上床睡觉了。”

“乔丹明天要打锦标赛，”黛茜解释说，“在西切斯特[1]那边。”

“噢——你是乔丹·贝克呀。”

我这才明白为什么她那么面熟了——从报道阿什维尔、热泉和棕榈滩体育生活的许多报刊照片上，我都曾见过那副悦人的傲慢表情。我还听过她的一个传闻，一件严重的、不愉快的事，不过究竟是什么事我早已忘记了。

“晚安。”她轻声说，“八点叫我，可以吗？”

“只要你起得来。”

“我可以。晚安，卡拉维先生。回头见。”

“你们当然会的。”黛茜保证道，“说实话，我想我来给你们做个媒吧。常过来玩，尼克，我就怎么着——噢——把你俩拽到一起。你看——不小心把

---

① 西切斯特（Westchester），县名，在纽约市以北、哈得孙河以东。

你们锁在衣橱里，或者把你们放在小船上往海里一推，办法多得很呢——”

“明天见。”贝克小姐在楼梯上喊道，“我可一个字也没听见。”

“她是个好女孩。”过了一会儿，汤姆说，“他们不应该让她这样全国到处跑。”

“谁不应该？”黛茜冷冷地问。

“她家里人。”

“她家里就一个姑妈，都七老八十了。再说，尼克将来可以照应她，不是吗，尼克？今年夏天她会经常来这里度周末。我想这里的家庭环境对她会有很大好处的。”

黛茜和汤姆彼此看了一眼，默不作声。

“她是纽约人吗？”我赶快问。

“路易斯维尔[①]人。我们纯洁的少女时代就是在那里一起度过的。我们美丽纯洁的——”

“你在阳台上是不是跟尼克讲了一阵心里话？”汤姆忽然追问。

“我讲了吗？”她看着我。“我好像不记得了，不过我想我们谈到了北欧民族。没错，我们谈的就是那个。它好像不知不觉就进入了话题，首先你要知道——”

“别听到什么都信以为真，尼克。”他告诫我。

我轻松地说我根本没有听到什么，过了几分钟我便起身告辞。他们送我到门口，两人并肩站在一方明亮的灯光里。我发动了汽车，黛茜忽然专横

① 路易斯维尔（Louisville），美国中西部肯塔基州城市。

地喊道："等等！"

"我忘了问你一件事，事情很重要。听说你在西部跟一个姑娘订了婚。"

"不错。"汤姆友善地附和道，"我们听说你订婚了。"

"那纯粹是谣言。我太穷了。"

"可是我们听说了。"黛茜坚持说，让我惊讶的是她又像花朵一样绽开了笑脸，"我们听三个人说起过，所以一定是真的。"

我当然知道他们指的是什么事，可是我连订婚的影子也没摸到。事实上，这个小道消息四处流传也是我跑来东部的一个原因。你不能为了谣言的缘故就跟老朋友断绝来往，而另一方面我也无意于屈从谣言而进入婚姻。

他们的关心让我颇为感动，也使他们显得不那么富贵到高不可攀了——虽然如此，我开车离去的时候还是感觉很困惑，甚至有点厌恶。在我看来，黛茜要做的就是立刻抱上孩子冲出这座房子——但是显然她的脑瓜里丝毫没有这种打算。至于汤姆，他"在纽约有个女人"这种事倒真的不足为怪，奇怪的是他会因为读了一本书而感到沮丧。不知道是什么在迫使他从那种陈腐的观念中啃噬几点碎屑，似乎他壮硕的体格自负再也不能滋养那颗唯我独尊的心了。

一路上，众多小客栈的房顶和路边加油站前边已经是盛夏气象，新安装的红色加油泵安坐在一团团灯光下很是显眼；到达我在西蛋的庄园后，我先把车开到车棚下，然后去院子里一台废弃的压草机上坐了一会儿。风已经停歇，留下一片热闹而明亮的夜景，鸟雀在树间扑打着翅膀，青蛙发出持久不断的管风琴声，因为大地深沉的咆哮给它们灌注了丰沛的活力。一只小猫移动的剪影在月光里踌躇，我扭头观看的时候，发觉我并不是独自一人——五十英尺开外，一个身影从邻居大宅的阴影里走了出来，正站在那里，双手插进口袋，仰望着胡椒粉般撒满天空的银白色星光。从那悠闲的步态和两脚稳稳踏在草坪上的姿势，可以看出他就是盖茨比先生本人，他出来是要确定一下我们头顶上哪一片天空归他所有。

我决定向他打声招呼。晚餐时贝克小姐提到过他，可以借这个由头做个介绍。但是我终于没有打招呼，因为他突然给我一种感觉，好像他满足于一个人待着——他朝着幽暗的海水尽力伸展双臂，样子很是奇特，而且，尽管我离他很远，但我可以发誓他在颤抖。我不由自主地朝海上望去——却什么也看不清，除了唯一的一盏绿灯，微弱而又遥远，也许是哪座码头的尽头的标志。等我回头再去看盖茨比时，他人已经消失，于是在这不安宁的黑暗里，我又是一个人了。

第二章

西蛋和纽约之间大约一半路程的地方，公路急匆匆与铁路会合，并肩跑了四分之一英里，只为了躲避一片荒芜的土地。这是一座灰烬之谷——一个奇异的农场，这里灰烬像麦子一样生长，成为山梁、丘陵和丑陋怪诞的花园；这里灰烬变成了房屋、烟囱和炊烟的形状，最终，经过一番卓绝的努力，竟然化作了人形——这些灰白的人朦朦胧胧地走着，在满是尘灰的空气中逐渐散为碎屑。偶尔，一列灰色的车皮沿着看不见的轨道慢慢爬行，发出一声恐怖的尖啸，停了下来，于是那些灰白的人立刻拖了铁铲一窝蜂拥上去，搅起一团浓厚的尘云，把他们的隐秘操作遮挡得严严实实。

然而，在这片灰色的土地以及无休无止飘浮其上的一股股凄凉的尘灰上方，你过一会儿就会察觉到T. J. 埃克尔堡医生的眼睛。埃克尔堡医生的眼睛是蓝色的，硕大无比——光是瞳仁就有一码高。它们并没有长在一张脸上，而是从一副巨大的黄色眼镜——架在不存在的鼻子上——后面洞察外界。显然是那位眼科医生突发奇思妙想，把它们竖在那儿招徕生意，扩大他在皇后区的业务的，然后大约他自己倒是永远闭上了眼睛，或者就是撇下它们搬走了。而他的两只眼睛，经年累月无人维护，任由日晒雨淋暗淡了光彩，却依然心怀忧虑地俯视着这片冷肃的倾倒场。

灰烬谷的一侧以一条肮脏的小河为界；遇到河上拉起吊桥让驳船通过，等候过桥的火车上，乘客们便得以凝视这片凄凉的景色达半小时之久。平时火车走到那里也总要停上至少一分钟，正是因为这个缘故，我初次见到了汤姆·布坎南的情妇。

他有个情妇，这是他去哪里都大肆张扬的事实。认识他的人都很讨厌这人的做派——带着她出现在热闹的餐馆，然后把她一个人晾在餐桌前，自己四处晃荡，碰到熟人就闲扯起来。我虽然好奇想看看她，可并不想和她见面——最终却还是见面了。一天下午，我跟汤姆一同搭火车去纽约，当我们在灰堆旁边停下来时，他一下子跳起来，一把抓住我的胳膊肘，硬把我推下了火车。

“我们下车。”他不容分说，“我要你见见我的女朋友。”

我想他午饭时喝多了吧，现在非要我陪他不可，简直近乎暴力行径。他目空一切地以为，星期天下午我并没有什么更好的事情可做。

我跟着他跨过一排刷成白色的低低的铁路栅栏，然后沿着公路，在埃克尔堡医生目不转睛的注视下，往回走了一百码。眼前唯一的建筑物是一小排黄砖房子，坐落在荒地的边缘，算是服务于这片土地的紧凑型主街，孤零零的一个邻居也没有。这排房子里有三家铺面，一家正在招租，一家是通宵营业的饭馆，门前留下了一道灰尘的踪迹；第三家是汽车修理行——汽车修理。**乔治·B.威尔逊**。旧车买卖。——我跟着汤姆走了进去。

车行里一片萧索，四壁徒然；唯一可见的是一辆福特汽车的残骸，积满灰尘，趴在一个阴暗的角落里。我忽然在想，这间虚有其表的车行莫非只是个幌子,奢华浪漫的套间其实隐藏在头顶上方呢,这时业主本人出现在办公室门口,手里拿着一块抹布在擦着。他是个头发棕黄、毫无生气的男人,脸上没有血色,倒依稀有点帅气的影子。他看见我们,那对浅蓝色的眼睛里流露出一丝黯淡的希望。

“嘿,威尔逊,老家伙。”汤姆说着,快活地拍拍他的肩膀,“生意怎么样?”

“还过得去。”威尔逊毫无底气地答道,“那辆车你什么时候卖给我?”

“下星期;我已经叫司机给整修一下了。”

“他做得有点慢,不是吗?”

“不,他可不慢。”汤姆冷冷地说,“如果你这样觉得,也许我还是拿到别处去卖算了。”

“我不是那个意思。”威尔逊连忙解释,“我只是说——”

他的声音弱了下去,汤姆只是不耐烦地往车行四处乱瞟。接着我听到楼梯上传来脚步声,片刻之后一个身材健硕的女人就挡住了办公室门口的光线。她大概三十五六岁,稍微有些肥胖,可是像有些女人那样,肥得颇有肉感。她穿着一件深蓝色带圆点装饰的双绉丝连衣裙,脸庞看不出丝毫的美感,但是她有一股让人立刻就能感觉到的活力,仿佛她浑身上下的神经都在不停地闷烧着。她缓缓一笑,径直从丈夫身边走过,只当他是个幽灵,然后来跟汤姆拉手,同时直勾勾叫人脸热地盯着他的眼睛。接着她舔了一下嘴唇,头也不回就粗哑着嗓子对丈夫低声吩咐道:

“快拿两把椅子过来,怎么不去?也好让人家坐下来。”

“噢,好好。”威尔逊忙不迭地答应,随即向那间小办公室走去,背影马上就跟墙壁的水泥色融成了一片。一层灰白色的尘土笼罩着他深色的外套和浅色的头发，也笼罩着周遭的一切——除了他的妻子，这时她走到了汤姆身边。

“我要见你。”汤姆专注地说，“搭下一班火车。”

“好吧。”

“我在车站下层的报摊边等你。”

她点点头就从他身边走开了，这时乔治·威尔逊正好搬着两把椅子从办公室里出来。

我们沿路走到看不见的地方，在那儿等她。再过几天就是七月四号独立纪念日了，只见一个灰白色、骨瘦如柴的意大利小孩正在铁轨旁边点放一排鱼雷炮。

“这地方糟透了，是不是。”汤姆说着，与埃克尔堡医生交换了一个皱眉的苦相。

“真可怕。”

“离这儿远一点对她有好处。”

“她丈夫不反对吗？”

“威尔逊？他还以为她是去纽约看妹妹呢。这人蠢得都不知道自己还活着。”

就这样，汤姆·布坎南和他的情人还有我，三个人一同前往纽约——或许不能说是一同，因为威尔逊太太谨慎地坐在另一节车厢里。汤姆算是做了这点让步，省得那些可能也在这趟车上的东蛋人大惊小怪。

她换了一件棕色花布套裙，到了纽约汤姆扶她下车的时候，裙子紧紧绷在她那颇有点肥阔的臀部上。她在报摊买了一期《纽约闲话》和一本电影杂志，又到车站杂货店买了一瓶冷霜和一小瓶香水。上了楼梯，在阴沉有回音的车道里，她一连放过四辆出租汽车，才选中一辆新车，有淡紫色的车身，灰色的内饰，于是我们坐着这辆车溜出庞大的车站，进入灿烂的阳光里。可是马上她又猛地从车窗扭过头来，探身向前，敲了敲前面的玻璃。

“我要买一只那样的小狗。”她热切地说，“我要买一只养在公寓里。养养它们挺好的——一只狗。”

车子倒退到一个灰白头发的老头跟前，他的样子跟约翰·D. 洛克菲勒像得简直有点荒唐。他的脖子上挂着一只篮子，里面蜷缩着十几只刚出生不久的幼崽，看不出是什么品种。

“它们是哪个品种？”威尔逊太太等老头走到车窗前，急切地问。

“哪种都有。夫人，你要哪一种呢？”

“我想要买一只那样的警犬；我看你不见得有那种吧？”

老头拿不准地向篮子里探看了一番，把手伸进去捏着后颈皮拎起一只来，小狗身子直扭。

“那不是警犬。”汤姆说。

“不错，它不完全是一只警犬。”老头说，声音里带着失望，“它多半是只艾尔谷犬。”他抚摸着狗背上毛巾似的棕色皮毛。“瞧瞧这皮毛。多好的皮毛。养这只狗，你绝对不用担心它伤风着凉。”

“我觉得它好可爱呀。”威尔逊太太热烈地说，“多少钱？”

“这只狗吗？”老头赞赏地看着它。“这只狗你得出十块。”

于是这只艾尔谷犬——毫无疑问它的血统肯定在哪里牵涉过一只艾尔谷犬，虽然它的几条腿都白得出奇——换了手，随即安然趴进威尔逊太太的怀里，她欣喜若狂地爱抚着那风雨不侵的皮毛。

“它是雄的还是雌的？”她柔声问道。

“那只狗吗？那只狗是雄的。”

“是条母狗。”汤姆断然说道，“喏，你的钱。拿去再买上他十条。”

我们的车子来到第五大道。这个夏季的周日午后，天气温暖和煦，颇有点乡村生活的气息，就算看见一大群雪白的绵羊转过街角，我也不会感到惊奇。

“停一下，”我说，“我得在这儿跟你们分手了。”

“不，你不能走。”汤姆立刻干预道，“如果你不去公寓坐坐，茉特尔要伤心的。是不是，茉特尔？”

“来吧。”她恳求道，“我打电话把我妹妹凯瑟琳叫来。很多有眼光的人都说她特别漂亮。”

“呃，我是很想去，不过——”

我们继续前进，车子又掉头穿过中央公园，朝西百街区驶去。在158街，一长溜公寓楼房俨然切好的白色蛋糕，出租车停在了其中一块前面。威尔逊太太向四周扫视一番，大有銮驾回宫的气派，一面搂起小狗和其他购买的物品，趾高气扬地走了进去。

“我要请麦基夫妇上来。”我们乘电梯上楼时，她宣布，“当然，我还要打电话给我妹妹。”

公寓在顶楼，有一间小客厅、一间小餐室、一间小卧室，还有一个洗澡间。客厅里摆放着一套织锦装饰的家具，大得极不相称，一直挤到了门边，走动一下都会不停撞上凡尔赛宫花园里仕女打秋千的画面。墙上唯一的画作是一幅放得过大的照片，乍一看是只母鸡蹲在一块模糊的岩石上。不过从远处观看，母鸡化作了一顶女帽，下面一位肥壮的老太太笑容可掬地俯视着屋子。桌子上放着几期旧的《纽约闲话》，还有一本《唤作彼得的西蒙》[①]和一些百老汇八卦小杂志。威尔逊太太最关心的还是那只狗。她好不容易打发电梯工弄来一个铺满稻草的纸箱和一些牛奶，另外他又主动买了一罐坚硬的大块狗粮饼干——其中一块整个下午泡在一碟牛奶里，泡糊了也无人过问。这当儿，汤姆从一个上锁的柜子里拿出一瓶威士忌。

我一辈子只喝醉过两次，第二次就在那天下午；所以当时发生的一切都好像罩上了一层雾气，模模糊糊的，尽管过了八点钟，公寓里都还充满着明亮的阳光。威尔逊太太坐在汤姆的大腿上，给好几个人打了电话；之后发现家里没烟了，我便出门去街角的杂货店买几包。等我回来时，他俩都消失不见了，于是我识趣地在客厅里坐下，拿起《唤作彼得的西蒙》读了一章——不是书写得太糟，就是威士忌扭曲了一切，反正我没看出什么名堂来。

等到汤姆和茉特尔（第一杯酒下肚之后，威尔逊太太和我就彼此直呼其名了）再度露面时，客人们就开始来敲公寓的门了。

妹妹凯瑟琳是一个身材苗条、外表世俗的姑娘，年纪三十上下，头发染红剪了个直发波波头，抹了不少润发油，脸上的粉也搽得像牛奶一样白。她

① 《唤作彼得的西蒙》(*Simon Called Peter*)，英国作家罗伯特·基布尔(Robert Keable，1887—1927)于1921年出版的畅销小说。这是一部自传体作品，讲述年轻的圣公会牧师彼得赴法国参战，与劳工阶级护士朱莉有染，最后回归信仰的故事。小说非常契合茉特尔对汤姆的幻想。

的眉毛是一根根拔掉再重新画上的，眉峰的角度更俏皮一些，可是天然的力量定要恢复旧貌，弄得她的脸都有点模棱两可了。她走动的时候，手臂上数不清的陶制手镯跟着上下晃动，不断发出叮叮当当的声响。她像在自家一样熟门熟路地走进来，扫视了一番家具，俨然这些都是她的东西，我不由得怀疑她是否就住在这里。但是等我问她时，她肆意地大笑起来，大声重复了我的问题，然后告诉我她和一个女朋友一起住在旅馆里。

麦基先生住在下面一个楼层，是个面色白净有女人气的男人。他刚刮过胡子，颧骨上还留有一点白色肥皂沫，他和屋里每一个人打招呼都毕恭毕敬的。他告诉我他是“吃艺术饭”的，后来我才明白他是摄影师，威尔逊太太母亲那幅模糊不清的放大照片就是他的作品，悬挂在墙上像灵质外溢[①]的景象。他的妻子说话尖声细气，神情倦怠，人长得倒是俊俏，可是非常讨厌。她得意扬扬地告诉我，自从结婚以来，她丈夫已经先后给她拍过一百二十七次照了。

威尔逊太太早些时候又换了装束，现在穿的是一套精致的奶油色雪纺绸午后长裙，她在屋子里四处走动的时候，衣裙不停地发出沙沙的声响。由于这套礼服的作用，她的个性也随之发生了变化。先前在车行里如此非凡的活力一变而成了雷人的傲慢。她的笑声、她的姿势、她的断言，一分一秒都在变得越发矫揉造作，而随着她逐渐膨胀，周围的屋子被挤压得越来越小，到最后只见得她在烟雾弥漫的空气中旋转，好像装上了一根吱吱嘎嘎吵

---

① 灵质外溢（Ectoplasm），法国生理学家夏尔·里歇（Charles Richet，1850—1935）于1894年创造的超自然术语，描述降神会中精神能量“外化”时，一种黏稠的魔法物质从身体里溢出。

闹的轴。

“宝贝儿，”她装腔作势地对她妹妹嚷道，“那些家伙多半逮着机会就骗你。他们满脑子想的都是钱。上星期我找了个女的上来给我看看脚，等她把账单给我，你还以为她给我割了阑尾呢。”

“那女人叫什么？”麦基太太问。

“埃伯哈特太太。她经常上门给人看脚。”

“我喜欢你这身裙子，”麦基太太说，“看着真漂亮。”

威尔逊太太不屑地扬了扬眉毛，拒绝了这句恭维。

“这只是一件恼人的旧东西。”她说，“我不过随便穿穿罢了，有时候我也不太在意形象。”

“可是穿在你身上显得特别漂亮，你明白我的意思吗？”麦基太太紧追不舍，“切斯特要是能把你这个姿势拍下来就好了，我想他可以弄出一幅杰作来。”

我们都不出声地看着威尔逊太太，只见她把一绺遮住眼睛的头发掠开，回望着我们粲然一笑。麦基先生歪着头，目不转睛地端详她，然后一只手在面前慢慢地来回移动。

“应当改换一下光线。”过了一会儿，他说，“我要把五官的立体感表现出来。还得设法拍到后面所有的头发。”

“我不会考虑改换光线。”麦基太太大声说，“我觉得光线——”

她丈夫“嘘！”了一声，于是我们又都把目光投向摄影对象，这时汤姆·布坎南出声地打着哈欠，站了起来。

“麦基家两位，喝点什么吧。”他说，“茉特尔，再弄点冰块和矿泉水来，不然大家都要睡着了。"

"我早就叫那电梯工送冰来的。"茉特尔扬起眉毛，对下等人的懒惰表示无可奈何。"这些人！你不一直盯着他们就是不行。"

她看了我一眼，莫名其妙地笑了起来。接着她步履夸张地冲到小狗跟前，忘情地亲吻它，然后张牙舞爪地走进厨房，好像那里有十几个大厨在听候她的吩咐。

"我在长岛那边有些不错的收获。"麦基先生宣称。

汤姆面无表情地看看他。

"其中两幅我们配上镜框，挂在楼下了。"

"两幅什么？"汤姆追问。

"两幅习作。一幅我题名为《蒙托克海角——海鸥》，另一幅题名《蒙托克海角——大海》。"

那位妹妹凯瑟琳挨着我在沙发上坐下。

"你也住在长岛那边吗？"她问道。

"我住在西蛋。"

"真的吗？大概一个月前我到那儿参加过一次聚会。在一个叫盖茨比的人家里。你认识他吗？"

"我就住在他隔壁。"

"哦，他们说他是德皇威廉二世的侄儿或者表亲什么的。他的钱都是从那儿来的。"

"真的吗？"

她点了点头。

“我有点怕他。我可不愿被他抓到什么把柄。”

这段关于我邻居的热门谈资的对话被麦基太太打断了，只见她突然伸手指着凯瑟琳：

“切斯特，我觉得你可以给她拍几张。”她大声嚷道，然而麦基先生只是厌烦地点点头，还是把注意力转向了汤姆。

“我很想在长岛多搞点业务，要是有人介绍就好了。我只求他们帮我开个头。”

“问茉特尔好了，”见威尔逊太太端着托盘走进来，汤姆突然爆发出一声大笑，说，“她可以给你写封介绍信，是不是，茉特尔？”

“干什么？”她吃了一惊，问道。

“你写封信把麦基介绍给你丈夫，麦基可以为他拍几张艺术照。”他的嘴唇不出声地嚅动几下，胡诌道，“《乔治·B. 威尔逊在油泵前》，或者类似的题目。”

凯瑟琳凑近我，对着我的耳朵悄声说：

“他俩谁都受不了自家那口子。”

“真的吗？”

“受不了。”她看看茉特尔，再看看汤姆。“照我说，既然受不了，何必还要一起过下去呢？假如我是他们，我就马上离婚，然后两人再结婚。”

“难道她也不喜欢威尔逊？”

对于这个问题的回答却来得出人意料。它来自茉特尔，因为她刚好无意中听到了这个问题，而她的回答又暴烈又污秽。

“瞧见了吧。”凯瑟琳得意地叫道。她又压低了嗓门说：“其实是他老婆不让他们在一起的。她是天主教徒,他们不主张离婚。”

黛茜并不是天主教徒,这个谎编得如此煞费苦心倒使我有点震惊。

“哪天他们真的结了婚,”凯瑟琳接着说,“他们打算去西部住些日子,等事情平息了再回来。”

“去欧洲恐怕还要稳妥些。”

“噢,你喜欢欧洲吗?”她出人意料地惊叫道,“我刚从蒙特卡洛回来。”

“是吧。”

“就在去年。我和另一个女孩一起去的。”

“待得久吗?”

“不久,我们只去了蒙特卡洛就回来了。我们是走马赛去的。开始的时候我们还有一千两百多美元呢,结果不到两天就在赌场包间里给骗光了。不瞒你说,我们回来的路上简直狼狈至极。天哪,我恨死那城市了!”

窗外,傍晚的天空一时澄碧如洗,蓝得就像甜蜜的地中海——这时麦基太太尖锐的嗓音又把我唤回屋子里。

“我差点也犯了错误。”她兴致勃勃地宣告,“我差点嫁给一个追了我好几年的小犹太佬。我知道他配不上我。大家一直对我说:‘露西尔,那个人远远配不上你!’可是,假如我没遇上切斯特,他肯定就把我搞到手了。”

“是的,可是听我说,”茉特尔·威尔逊说,一面自信地点着头,“至少你没有嫁给他。”

“我知道我没有。”

“那好,我可是嫁给了他。”茉特尔含混地说,“这就是你我情况不同的地方。”

“你为什么嫁给他呢，茉特尔？”凯瑟琳追问道，“没有人强迫你呀。”

茉特尔考虑了一会儿。

“我嫁给他，是因为我以为他是有身份的人。”她终于说道，“我以为他还懂一点点教养，谁知道他连舔我的鞋都不配。”

“你有一阵子爱他爱得发狂。”凯瑟琳说。

“爱他爱得发狂！”茉特尔难以置信地喊道，“谁说我爱他爱得发狂？要说我爱他爱得发狂，还不如说我爱的是那边那个男人呢。”

她突然用手指着我，于是大家都责难地看着我。我努力做出一副不指望任何爱恋的表情。

“我唯一一次发狂是在跟他结婚那阵儿。我马上就知道我做错了事。他问人家借了一套礼服穿着结婚，竟然从来不告诉我，直到有一天他不在家，那人过来索要。‘噢，那是你的礼服啊？’我说，‘我第一次听说这个事。’但我还是把衣服给了他，然后我扑倒在床上号啕大哭，哭了整整一个下午。”

“她实在应该离开他。”凯瑟琳继续跟我聊，“他们已经在车行顶上住了十一个年头了。汤姆还是她的第一个情人呢。”

那瓶威士忌——已是第二瓶了——此刻大受在场宾客欢迎，有点供不应求，唯独凯瑟琳与众不同，她“什么都不喝也感觉不错”。汤姆按铃把门房叫来，打发他去买一种出名的三明治，本身就够一顿完整的晚餐。我几次想要离开，在柔和的暮色中朝东走到公园那边去，但每次起身告辞，都被一阵粗野尖锐的抗议声羁绊住，就好像有根绳子把我拉回椅子里。然而我想，我们这一排金黄的窗户高踞城市上空，一定给夜幕降临的街道上那位随意的观望者贡献了些许人的秘密吧，而我也看到他了，他一边抬头仰望一边心中好奇。我既在里边，又在外边，对人生无穷无尽的变化既感到陶醉，又感到厌恶。

茉特尔把椅子拉到我旁边，忽然间她温暖的呼吸挟带着她与汤姆初次相遇的故事，向我扑面而来。

“火车上有两个面对面的小座位，平常总是没人坐的，故事就发生在那儿。我要上纽约去看我妹妹，打算在她那儿过夜。他穿了一身套装、一双漆皮鞋，我就忍不住拿眼睛瞧他，可是每次他一看我，我又不得不假装在看他头顶上的广告。我们到站时，他就在我边上，他胸前的白衬衫压上了我的膀子，我就跟他说我可要叫警察了，但是他知道我在说谎。我兴奋得不得了，昏头昏脑跟他上了一辆出租汽车，哪里还管上的不是地铁呢。我心里翻来覆去想的只有一句话：‘你只有一辈子好活；你只有一辈子好活。’”

她转头看着麦基太太，屋子里充满了她做作的笑声。

“宝贝儿，”她叫喊道，“这条裙子我今天穿完了就送给你。明天我得去另买一条。我要列个单子，记下所有要做的事情。做按摩，烫头发，给小狗买条项圈，买一个那种你一按弹簧就收走烟灰的可爱的小烟灰缸，还要买一个挂黑色真丝结的花圈，可以在妈妈的墓前摆一个夏天。我一定得写个单子，不然要做的事情就都会搞忘。”

已经九点了——一转眼我再看表时，发觉到了十点。麦基先生倒在椅子上睡着了，两手攥拳放在大腿上，活脱脱一幅实干家的照片。我掏出手帕，擦掉了他脸上那一点干掉的肥皂沫，它让我一个下午都很不舒服。

小狗蹲在桌子上，在弥漫的烟雾中盲目地张望着，不时轻轻哼哼几声。屋子里的人时而消失，时而重现，商量着去哪里，却又找不着对方了，四处搜寻一番，结果发现彼此就在几尺之内。快到半夜的时候，汤姆·布坎南和威尔逊太太面对面情绪激动地吵了起来，争论威尔逊太太有没有资格提起黛茜的名字。

“黛茜！黛茜！黛茜！”威尔逊太太高声喊道，“我想叫就叫！黛茜！黛——”

汤姆·布坎南出手敏捷，一巴掌打破了威尔逊太太的鼻子。

随后，沾血的毛巾扔了浴室一地，女人们七嘴八舌地责骂着，而这一片混乱之中，调门最高的还是那好一阵断断续续痛楚的哀号。麦基先生从瞌睡中醒来，磕磕碰碰地朝门口走去。他走到一半，又转过身来茫然地看着屋子里的景象——他的妻子和凯瑟琳一边责骂一边安慰，手里拿着急救用品在拥挤的家具中间跌跌撞撞地跑来跑去，而沙发上那个万念俱灰的人，血流不止，却还想铺开一份《纽约闲话》，遮住凡尔赛宫风景的织锦装饰。于是麦基先生掉转身子，继续走出门去。我从吊灯上取下帽子，也跟了出去。

“改天过来一道吃午饭吧。”电梯吱吱嘎嘎下去的时候，他提议道。

“在哪里？”

“哪里都行。”

“手别摸操纵杆。”电梯工厉声说。

“请原谅，”麦基先生很有尊严地说，“我不知道碰到它了。”

“好的，”我同意道，“乐意奉陪。”

……我站在他床边，而他坐在两层床单中间，身上只穿着内裤，手里捧着一大本作品集。

“美女与野兽……孤独……小店老马……布鲁克林大桥[①]……”

后来，我半睡半醒地躺在宾夕法尼亚车站清冷的下层候车室里，盯着早上刚出的《论坛报》，一面等候凌晨四点钟那趟火车。

① 布鲁克林大桥（Brook'n Bridge），谐音broken bridge，即打断的鼻梁。这几个题目都在影射书中人物。

第三章

整个夏天的夜里，我邻居的宅子里一直都有音乐声传来。在他的蓝色花园中，红男绿女像飞蛾一般来来往往于喁喁的低语、交错的香槟与漫天的星光之间。下午涨潮的时候，我看着他的客人们有的从他家木筏的跳台上跳水，有的躺在他家私人海滩的热沙上晒日光浴，而他的两艘汽艇正划破海湾的水面，牵拉着滑水板卷起翻腾的浪花。一到周末，他那辆劳斯莱斯就变成公共汽车，往来城里接送客人，从上午九点一直忙到下半夜，而他的旅行车也像一只轻捷的黄色甲壳虫，蹦跳着奔往火车站去接所有的班次。到了周一，八个仆人，包括一个临时园丁，用拖把、硬毛刷、榔头和修枝剪辛苦劳作整整一天，才把头天晚上的劫后疮痍收拾干净。

每周五，五箱橙子和柠檬从纽约一家水果行如期送到——每周一，同样是这些橙子和柠檬，被榨干汁水后剩下半拉果皮，堆成小山似的从他家后门运走。厨房里有一台机器，可以在半小时之内榨出两百个橙子的汁液，管家只消拿拇指在一个小小的按钮上按两百次就好。

每两周至少有一次，一大批宴会承办商从城里赶到这里，带来好几百英尺帆布和无数彩灯，足以把盖茨比巨大的花园装饰得像一棵圣诞树。自助餐桌上，配以闪闪发亮的开胃菜，一盘盘五香烤火腿簇拥着丑角风设计[①]的沙拉、酥面香肠卷和烤得金黄的火鸡。大厅里面设置了一个酒吧，装有真正的铜质垫脚杆，备有各种杜松子酒和其他烈性酒，更有久已被人遗忘的甘露酒，而大多数女客年纪太轻，对这些酒根本说不出名堂来。[②]

等到七点钟，乐队便已来齐，这可不是什么五件乐器的单薄玩法，而是满满一个乐池的双簧管、长号、萨克斯管、大小提琴、短号、短笛、低音和高音铜鼓。最后一拨游泳的客人现在都已从海滩上进来，正在楼上换衣服；纽约来的轿车五辆一排地停在车道上，大厅、会客室、游廊满是花哨浓艳的原色，小姐们的波波头剪出了各种奇异的新发型，身上的披肩是卡斯蒂利亚[③]人做梦都艳羡不已的。酒吧忙得热火朝天，一轮又一轮鸡尾酒飘浮出去，渗透进花园的每个角落，直到空气逐渐活跃起来，充满了叽叽喳喳的谈笑、随意的暗讽、转眼即忘的介绍，以及始终不知彼此姓名的女宾们之间热情洋溢的招呼与拥抱。

大地倾斜着慢慢离开太阳，灯光照得更加明亮，此刻乐队正在演奏金黄鸡尾酒音乐，于是众人声音的歌剧又提高了一个音调。每分每秒，笑声变得越来越容易，毫无节制地倾撒出去，一句玩笑话就可以逗引起来。聊天群变化得越来越快，有的来了新客而膨胀，有的散开，有的组合，都是一瞬间的事；已经有人在四处游荡了，这些自信的女孩往来穿梭于结实稳定的人群

---

① 丑角风设计的特点是色彩艳丽，有棋盘式菱形图案装饰。

② 1920年至1933年，美国联邦实施禁酒法，禁止公开贩售酒精饮料。这里盖茨比举办的算是“私人”聚会，不受约束，所以众人都跑来谋求一醉。

③ 卡斯蒂利亚(Castile)，西班牙历史地理区，位于伊比利亚半岛中部，是历史上卡斯蒂利亚王国所在地。鲜艳精美的刺绣真丝披肩(manton)是西班牙传统服饰的代表。

中间，在片刻的欢腾中成为一群人的中心，然后带着胜利的兴奋，穿过不断变换的灯光下变幻不定的面孔、声音和色彩，飘然滑向下一群人。

这群游荡的吉卜赛姑娘中，忽然有这么一位，她身上颤动着彩虹般的光亮，不知从哪里抓过一杯鸡尾酒，一口喝下壮了壮胆子，然后像弗里斯科[①]那样挥动着双手，一个人跳上帆布舞台跳起舞来。一时间鸦雀无声；随即乐队指挥殷勤地为她改换了节奏，而后人群中响起一片嘈杂的说话声，因为有人误传她是吉尔达·格雷[②]在歌舞剧《佛利斯》中的替角。聚会已经开始了。

第一次去盖茨比家的那天晚上，我相信我是少数几位接到正式邀请的客人之一。人们并不是受邀而来——他们是自己来的。他们坐上汽车，车子把他们带到长岛，最终都莫名其妙地出现在了盖茨比家的门口。一旦到了那里，总有认识盖茨比的人给他们介绍一下，从那以后他们的举止就以游乐园的相关行为规则为准了。有时候他们从头到尾都没跟盖茨比照过面，他们怀着一颗单纯的心前来赴会，那诚意本身就抵得上一张入场券。

我确实是受到邀请的。那个星期六一大早，一个身穿知更鸟蛋蓝[③]制服的司机穿过我的草坪，替他的雇主送来一封正式得出奇的请柬，上面写道：如果当晚我能光临他的“小型聚会”，盖茨比将不胜荣幸。他已经见过我数次，并且早就打算登门拜访，但由于种种特殊原因未能如愿——签名是

---

① 弗里斯科（Joe Frisco，1889—1958），一位广受欢迎的杂耍表演者，他的爵士舞和喜剧套路很有名。

② 吉尔达·格雷（Gilda Gray，1901—1959），美国女演员和舞蹈家，推广了西迷舞（shimmy）。1922年，她在歌舞剧《齐格菲·佛利斯》中演出。

③ 知更鸟所产的蛋为青蓝色。

杰伊·盖茨比，笔触很有气势。

七点刚过，我就穿着一套白色法兰绒便装朝他家的草坪走去，在那儿我局促不安地彷徨于人群的旋涡之间，这些人我都不认识——虽然偶尔也有一两个在通勤火车上见过的面孔。我立刻感到惊讶的是，客人中夹杂着不少年轻的英国人：他们个个衣着考究，都显得有些饥饿，而且都低声热切地跟高大而富裕的美国人交谈着。我敢说他们一定是在推销什么——债券、保险或者汽车。他们至少心焦如焚地意识到轻松可赚的钱就在眼前，而且深信钱就是他们的，只要几句话说得投机即可得手。

我一到那里就去找寻主人，可是问了两三个人，他们都用诧异的眼光盯着我，断然否认知道他的任何行踪，于是我只好偷偷溜往摆放鸡尾酒的桌子——整个花园就只有这个地方可以让一个单身男人逗留一下而不显得漫无目的、孤独无伴。

我窘得难堪，正准备喝个酩酊大醉，这时乔丹·贝克从房子里走了出来，站在大理石台阶的顶头，身体微微后仰，带着轻蔑的神情俯视着整个花园。

不管人家欢迎与否，我觉得实在需要找上一个聊伴，不然的话我就得开始跟身边过往的人寒暄了。

"你好！"我大喊了一声，朝她走去。在花园里听来，我的声音响得很不自然。

"我想你也许会在这里。"等我走到跟前，她心不在焉地答道，"我记得你就住在隔壁——"

她客气地拉拉我的手，权作过一会儿再来关照我的承诺，然后走下台阶,去招呼停步在下面的两个女孩,她们穿着一模一样的黄色衣裙。

“嗨!”她们同声喊道,“真可惜你没有赢。”

这是在说高尔夫球邀请赛。她上周输掉了决赛。

“你不认识我们吗,”其中一个穿黄衣的女孩说,“一个来月前我们还在这儿见过你呢。”

“那以后你们就染了头发。”乔丹说道。我听了有些吃惊,但是两个女孩早已漫不经心地走过去了,而她这句话就只当是对早早升起的月亮说的了——跟晚餐一样,月亮无疑也是从一个宴会承办人的篮子里拿出来的。乔丹用细长的金黄色手臂挽着我,我们一起走下台阶,在花园里闲逛。暮色苍茫中,一盘鸡尾酒飘浮到我们面前,于是我们在一张桌子旁坐下,同桌的还有那两个黄衣女孩和三位男士,一一介绍下来,他们都叫“嘟哝先生”。

“你常来参加这些聚会吗?”乔丹问她旁边的女孩。

“我上次来这里就是见到你的那次。”女孩回答道,声音机警而自信。她转身问她的同伴:“你不是也一样吗,露西尔?”

露西尔也是一样。

“我喜欢来这儿。”露西尔说,“我从来不在意做什么,所以每次都玩得很开心。上次来这里,我在椅子上把礼服撕破了,他就问我要了名字和地址——不到一个星期我就收到克劳伊尔公司寄来的包裹,里面是一件全新的晚礼服。”

“你收下了吗?”乔丹问。

“当然收下了。我本来准备今晚穿的,可是它胸口做得太肥了,得改一改。衣服的颜色是煤气蓝[①],镶着薰衣草色的珠子。二百六十五美元。”

“一个家伙肯做这样的事情,那是真有点古怪。”另外那个女孩急切地说,“他不愿意跟任何人惹上麻烦。”

“谁不愿意?”我问。

“盖茨比。有人告诉我——”

那两个女孩和乔丹诡秘地凑到一块儿。

“有人告诉我,他们觉得他以前杀过人。”

我们都不觉毛骨悚然。那三位嘟哝先生也凑上前来,侧耳倾听。

“我想不至于那样吧。”露西尔怀疑地议论道,“更靠谱的说法是,战争期间他是德国间谍。”

其中一位男士点头表示赞同。

“我也听一个人这么说,这人从小和他一起在德国长大,对他一清二楚。”他肯定无疑地告诉我们。

“哎,不对,”第一个女孩说,“那不可能,战争期间他可是在美国军队里。”她见我们又回头相信她的话了,便兴致高昂地倾身向前。“你要趁他以为没人注意的时候看看他。我敢打赌他杀过人。”

她眯起眼睛,浑身哆嗦。露西尔也哆嗦。我们都转过身,四下张望,找寻盖茨比。有些人早就觉得这个世上并没有多少事情值得私下谈论,然而正在窃窃议论盖茨比的就是这些人,足见他激发了人们何等浪漫的遐想。

第一顿晚餐——午夜过后还将有一顿——现在开始供应,于是乔丹邀

---

① 煤气蓝(gas blue),作者自创的颜色,煤气火焰的亮蓝色。

请我加入她自己的一伙朋友，他们围坐在花园另一侧的一张桌子旁。在座共有三对夫妇，另外还有乔丹的社交陪伴，一位执着的大学生，他说起话来爱用激烈的影射，显然以为乔丹早晚会或多或少委身于他。这伙人并不东游西窜，而是自成一体，维持着一种端庄与尊严，并自行承担起代表乡村保守贵族的功能——东蛋屈尊光临西蛋[①]，小心提防着它那灯红酒绿的欢乐。

"我们走吧。"无谓地浪费了不合时宜的半个小时之后，乔丹低声说，"我觉得这儿实在太文雅了。"

我们站了起来，她解释说我们要去找一下主人：我从来没见过他，她说，这让我感觉不大自在。那位大学生冷笑着沮丧地点点头。

我们先去酒吧瞅了一眼，那儿挤满了人，可是盖茨比不在。她站在台阶顶上张望，还是找不到他，他也不在游廊里。只为试试运气，我们推开一扇看起来很重要的门，走进一间高大的哥特式图书室，里面四壁镶嵌着英国雕花橡木，可能是从海外哪个遗址整个拆运过来的。

一个矮壮的中年男人戴着一副巨大的猫头鹰式眼镜，正醉意蒙眬地坐在一张大桌子边缘，眼神迷离地盯着那一排排书架。我们一走进去，他便兴奋地转过身来，把乔丹从头到脚打量了一番。

"你觉得怎么样？"他鲁莽地问道。

"什么怎么样？"

他朝书架扬了扬手。

---

① 在小说所写的时代，腹地农村和沿海城市的对立是美国社会分裂的核心。随着工业化的发展，美国梦演化成两个版本，旧的农业梦和新的城市梦，分别由布坎南或东蛋、盖茨比或西蛋代表。

“瞧瞧！其实你用不着费心查验。我查验过了。它们都是真的。”

“那些书吗？”

他点点头。

“绝对是真的——一页页的，全都有。我原以为只是好看耐用的硬纸壳。事实上，它们绝对是真的。一页页的，全都——这儿！我拿给你们看。”

他想当然地以为我们心存怀疑，所以急忙跑去书橱那边，拿着《斯托达德[①]演讲集》第一卷回来。

“瞧瞧！”他得意扬扬地嚷道，“这是一本真正的印刷品。还真把我蒙住了。这家伙简直就是贝拉斯科[②]。真是典范啊。多么细致！多么逼真！而且知道何时收手——没有裁开纸页。你还要怎样？你还指望什么？”

他从我手中一把抢过那本书，急火火地放回书架原处，嘴里嘟哝着什么假如拿掉一块砖头，整个图书室就有可能塌掉云云。

“谁带你们来的？”他质问道，“还是不请自来？我是有人带的。大多数客人都有人带。”

乔丹机警而愉快地看着他，并不答话。

“我是一位名叫罗斯福的女士带来的。”他接着说，“克劳德·罗斯福太太。你们认识她吗？我是昨晚在哪儿碰上她的。我已经醉了个把星期了，我想在图书室里坐坐也许可以清醒起来。”

---

① 斯托达德（John Stoddard，1850—1931），美国旅行见闻演讲家、作家、摄影师，著有大量游记。所做环游世界见闻的巡回讲座被结集为《斯托达德演讲集》十卷和《增补集》五卷。

② 贝拉斯科（David Belasco，1853—1931），美国舞台监督、剧作家，开拓性地使用了许多新的灯光和特效形式，以达到自然和真实的效果。

“清醒了吗？”

“一点儿，我想。我还不敢说。我刚在这儿待了一个钟头。我跟你们讲过这些书吗？它们都是真的。它们是——”

“你讲过了。”

我们严肃地跟他握手，转身回到了外边。

花园里已经有人在帆布上跳舞了；老男人推得年轻女孩后仰着身子，无休无止转着并不优雅的舞圈，高贵的男女姿态曼妙而时尚地彼此相拥，一直守在舞池的边角——还有许多落单的女孩或者顾自独舞，或者接替乐队演奏一会儿班卓琴或架子鼓，让他们歇息一下。到了午夜，欢闹的气氛更加浓烈。一位大名鼎鼎的男高音唱了首意大利歌曲，一个声名狼藉的女低音唱了支爵士曲，而在节目之间，花园里到处都有人在表演“拿手绝技”，引得阵阵欢乐而空洞的爆笑声响彻夏夜的天空。一对舞台双胞胎——原来就是那两个黄衣女孩——穿着戏装表演了一出宝宝秀，这时又上香槟了，用的酒杯比洗指碗还大。月亮升得更高了，海湾里浮荡着一片三角形的银色粼光，随着草坪上班卓琴声刚硬、尖细的滴落而微微颤动。

我仍然和乔丹·贝克在一起。我们坐在一张桌子旁，同桌的还有一个跟我年纪相仿的男子和一个吵闹的小女孩，一点点逗引都可以让她笑得乐不可支。我现在玩得也挺开心了。我已经喝下两洗指碗香槟，而眼前这片景象也已变成某种重大、基本和深刻的东西了。

在娱乐节目的间歇，那个男子看着我微笑了一下。

“你看着很面熟。”他客气地说，“战争期间你是不是在第一步兵师服役？”

“啊，是的。我在第二十八步兵团。”

“我在第十六团，一直待到一九一八年六月。我就知道以前在哪里见过你。”

我们聊了一会儿法国那些潮湿、灰暗的小村庄。很明显他就住在附近，因为他告诉我，他刚刚买了一架水上飞机，准备明天早晨去试飞一下。

“想和我一起去吗，老伙计？就在海湾沿着岸边转转。”

“什么时候？”

“只要你方便，任何时候都行。”

我话都到了嘴边，正要问他的名字，乔丹却转过头来对我一笑。

“现在开心了吧？”她问。

“好多了。”我又回过头面对我的新相识。“这个聚会对我来说很特别。我甚至连主人都没见到呢。我就住在那边——”我朝远处看不见的树篱挥了一下手。“这位叫盖茨比的派他的司机送来一封请帖。”

他看了我好一会儿，似乎没听懂我的话。

“我就是盖茨比。”他突然说。

“什么！”我叫了起来，“哎呀，真对不起。”

“我以为你知道，老伙计。恐怕我不是一个称职的主人。”

他理解地一笑——远不只是理解。这是那种难得一见的笑容，其中蕴含着一种恒久的保证，或许你一辈子也就能遇见四五次。它面对——或者好像是面对——整个永恒的世界不过一瞬间，随后就专注于你了，带着一种让你无法抵御的偏爱。它理解你，恰好达到你想要被理解的程度；信任你，就像你愿意信任自己那样；而且让你确信，它对你的印象不多不少正好是你在最得意的时候希望传达的。恰在那时笑容消失了——于是我看到的是一个举止优雅的年轻大老粗，三十一二岁年纪，说起话来故做斯文拘礼状，简直到了滑稽可笑的地步。还在他自我介绍之前,我就强烈感觉到他开口时总在斟酌字句。

就在盖茨比先生亮明身份的时候,一个管家急急忙忙跑过来,说芝加哥有长途电话找他。他向我们逐一微微欠身,表示歉意。

“你想要什么尽管开口,老伙计。”他鼓动我说,“对不起。我随后再来奉陪。”

他一走,我立刻转向乔丹——觉得有必要让她知道我的惊异。我原本以为盖茨比先生是个面色红润、大腹便便的中年人。

“他是谁?”我急切地问道,“你知道吗?”

“他不过是一个叫盖茨比的人。”

“我问的是,他从哪里来?又是干什么的?”

“你现在也开始研究这个题目了。”她勉强地一笑,答道,“嗯,他有一次跟我说他是牛津毕业的。”

他身后一片模糊的背景刚开始成形,却因为她的下一句话又烟消云散了。

“然而,我并不相信。”

“为什么不信?”

“我也不知道,”她坚持道,“我就是觉得他没去过那里。”

她的口气让我想起先前那个女孩说过的话——“我想他以前杀过人”,结果倒是激起了我的好奇心。如果说盖茨比是从路易斯安那州的沼泽地里冒出来的,或者出身于纽约下东区的贫民窟,我都可以不加质疑地接受。那还是可以理解的。但是一个人年纪轻轻,不可能——至少就我这个乡下人的浅陋见识而言，我相信他不可能——无中生有而又如此炫酷地飘然而出，在长岛海湾买下一座宫殿。

“不管怎样，他举办大型聚会。”乔丹以都市人厌烦具体细节的做派，改换话题道，“我就喜欢大型聚会。它们是如此私密。小聚会上没有隐私可言。”

这时传来一阵低音鼓的咚咚声，接着乐队指挥的声音突然响起，盖过了花园里的嘈杂声。

“女士们，先生们。”他大声说，“应盖茨比先生的要求，我们现在要为各位演奏弗拉德米尔·托斯妥夫①先生的最新作品，今年五月它在卡内基音乐厅引起了极大关注。各位如果看过报纸，就知道它曾经轰动一时。”他带着快活的纡尊降贵的神情微微一笑，然后补了一句：“可真叫轰动！”于是大家都笑了起来。

“这首曲子叫作——”他最后热烈地叫道，“《弗拉德米尔·托斯妥夫的爵士乐世界史》。”

托斯妥夫先生的曲作到底有何妙处，我没有领会到，因为演奏刚一开始，我的视线就落在了盖茨比身上，他正独自一人站在大理石台阶上，用满意的目光从一群人看向另一群人。他脸上晒黑的皮肤十分迷人地紧绷着，短短的头发看上去好像每天都经过修剪。我看不出他有任何邪恶的地方。我怀疑他是不是因为没在喝酒，才显得跟客人们如此泾渭分明，因为我觉得

---

① “弗拉德米尔”是虚构的俄国风名字，1925年首版作“弗拉德米尔”（Vladmir），二版后改为常见名弗拉基米尔（Vladimir）。“托斯妥夫”（Tostoff）是作者开的粗俗玩笑，意为手淫（toss off），诙谐地暗示了这首乐曲的风格，取自乔伊斯《尤利西斯》中的人物Toby Tostoff。

随着兄弟会式的欢闹情绪越发高涨，他反倒越显庄重了。等到《爵士乐世界史》演奏完毕，有的女孩像小哈巴狗一样快活地把头依偎在男人肩膀上，有的女孩嬉闹地向后晕倒在男人怀抱里，甚至倒进人群，知道会有人把她们托住的——可是没有人向后晕倒在盖茨比身上，没有法式波波头贴上盖茨比的肩膀，也没有人组织四重唱拉盖茨比加入。

“对不起。”

盖茨比的管家忽然站在我们身旁。

“是贝克小姐吗？”他询问道，“请原谅，盖茨比先生希望跟您单独谈谈。”

“跟我谈？”她惊讶地叫道。

“是的，小姐。”

她慢慢站起身，对我扬了扬眉毛以示惊异，随后跟着管家朝房子走去。我注意到，她穿晚礼服甚至任何裙装，都像穿运动服一样——她的步伐轻松矫健，似乎最初就是在清新爽净的早晨上高尔夫球场学习走路的。

我独坐无伴，时间也快两点了。有一阵子，悬垂于露台之上的那间长长的、有许多窗户的厅里传出嘈杂而吸引人的声音。此刻乔丹的那位大学生正跟两个合唱团女孩大谈助产术，而且极力邀请我加入，但我设法推掉了，随后走进房子里。

大厅里挤满了人。黄衣女孩中的一个在弹着钢琴，身旁站着一位高高的红头发年轻女子，是从某著名合唱团来的，正在那里唱歌。她已经喝了不少香槟，唱着唱着忽然不合时宜地认定一切都非常、非常悲哀——她不只是在唱，更是在哭泣。每到曲中停顿的地方，她就填补上哽咽、断续的抽泣，然后用颤抖的女高音捡起歌词继续唱下去。眼泪贴着她的脸颊流了下来——

然而并不顺畅，因为眼泪碰到描得浓重的睫毛之后变成墨色，像两条缓慢的黑色小溪继续余下的路程。有人诙谐地提议何不唱唱她满脸的音符，她听了这话，两手往上一甩，人往椅子里一倒，酣然沉入醉乡去了。

“她刚才跟一个自称是她丈夫的男人吵了一架。”我身旁一个女孩解释说。

我往四周看了看。还没走的女客现在多半都在跟据说是她们丈夫的男人吵架。就连乔丹的那伙朋友，从东蛋来的四人组，也因为意见不合而分崩离析了。其中一个男的正兴味盎然地跟一位年轻女演员攀谈，他的妻子起先还努力对这种情形一笑置之，显得不失尊严且满不在乎，终于彻底崩溃而诉诸侧翼攻击了——每隔一会儿就突然出现在他身边，像一条愤怒的菱背响尾蛇，对着他的耳朵嘶嘶说道：“你答应过的！”

不愿回家的并不限于任性的男人。此刻占据门厅的是两个清醒得可悲的男人和他们满腔怨愤的太太。两位太太稍微拉高了嗓音，正在相互表示同情。

“他每次看见我玩得开心，就要回家。”

“我一辈子都没听说过这么自私的人。”

“我们总是第一个告辞的。”

“我们也是。”

“喂，今晚我们几乎是最后一个了。”其中一个男人讪讪地说，“乐队半个小时前就走了。”

尽管太太们一致同意这样的恶毒心肠简直匪夷所思，这场争辩还是在短短一阵扭斗中收场，两位太太都被抱了起来，两腿乱踢着，进入黑夜里。

我在门厅等着拿帽子的时候,图书室的门开了,乔丹·贝克和盖茨比一起走了出来。他还在对她说最后一句话,这时有几个人走过来向他道别,他之前的热切态度顿时收敛,变成谨守礼节了。

乔丹那伙朋友在门廊不耐烦地催促,但她还是逗留了片刻跟我握手。

"我刚才听到了一件最惊人的事。"她低语道,"我们在那里边待了多久?"

"哦,一个小时吧。"

"这事……太惊人了。"她心不在焉地重复道,"可是我发过誓不说出去的,却又在这里吊你胃口了。"她对着我的脸优雅地打了个哈欠。"有空请过来看我……电话簿……西戈尼·霍华德太太名下……我的姑妈……"她一边说着,一边匆匆离去——她用晒得棕黑的手活泼地一挥以示致意,随即融入门口她那一伙人当中去了。

第一次到场就待到这么晚,我觉得很不好意思,于是加入盖茨比的最后几位客人中,他们正聚集在他周围。我想向他解释晚上早些时候我曾到处找他,同时为没有在花园里认出他来表示歉意。

"不必客气。"他急切地嘱咐我,"不要放在心上,老伙计。"这个亲狎的称呼,跟安慰地抚摸我肩膀的那只手一样,并没有什么亲狎的意味。"噢,别忘了明天早上九点,我们要试一下那架水上飞机。"

接着管家来了,在他肩后说:

"先生,费城在等您接电话。"

"好,就来。告诉他们我就来……晚安。"

"晚安。"

"晚安。"他微笑道——我突然觉得,我待到了最后才走,中间似乎蕴含着某种愉快的深意，仿佛他一直在期待这个。“晚安，老伙计……晚安。”

可是我走下台阶时，却看到晚会并没有完全结束。离大门五十英尺的地方，十几盏车灯照亮了一个怪异而纷乱的场景。路旁的水沟里，躺着一辆崭新的跑车，右侧朝上，一只轮子被猛烈地撞掉了，而这辆车开出盖茨比家还不到两分钟。一堵墙尖锐的突出部分是造成车轮脱落的原因，已经引得五六个好奇的私人司机驻足围观。可是，因为他们丢开自己的车子而堵住了道路，后面那些人刺耳、不满的嘈杂声持续了好一阵子，给本已混乱不堪的场面又添了一层乱。

一个穿长风衣的男人已经从失事跑车里爬了出来，此刻站在马路中间，带着自得而迷惑的表情看看车子，又看看轮胎，再看看围观的人。

“看到了吧！”他解释道，“它跑进沟里了。”

这个事实令他不胜惊奇，而我是先听出那独特的惊奇口气，然后才认出这个人的——正是早先光顾盖茨比图书室的那位。

“怎么出事的？”

他耸了耸肩膀。

“我对机械简直一窍不通。”他果断地说。

“可是到底怎么出事的？你撞到墙上了吗？”

“别问我。”猫头鹰眼说，把事情推脱得一干二净，“我不怎么懂开车——几乎一无所知。出了事情，我知道的就这一点。”

“好吧，你既然开得不好，就不应该试着晚上开车。”

“可是我哪里试了，”他气愤地解释，“我根本就没试。”

旁观者都给这话镇住了，一时间鸦雀无声。

“你想自杀呀?”

“算你运气好,只撞掉一个轮子!车开得烂不说,试都不试一下!”

“你们不明白。”罪犯解释道,“开车的不是我。车里还有一个人。”

这句声明一出,众人惊得张口结舌,发出一连串“啊——啊!”的声音,只见那辆跑车的门晃动着慢慢打开了。人群——这时已经称得上人群了——不由得往后一退,等到车门敞开以后,又是一阵鬼魅般的停顿。然后,非常缓慢、一点一点地,一个面色苍白、摇摇晃晃的人伸出一只大舞鞋在地面试探了几下,这才从撞坏的跑车里跨出来。

这个幽灵被车灯的亮光晃得睁不开眼,又被喇叭不停的嘶鸣吵得脑袋发昏,站在那里摇摆了好一阵才认出那个穿风衣的人。

“怎么回事?”他平静地问道,“我们没油了吗?”

“瞧!”

五六个人一齐指着那个被撞掉的车轮——他瞪着车轮看了一会儿,然后抬头往上瞅,好像怀疑轮子是从天上掉下来的。

“轮子脱落了。”有人解释说。

他点点头。

“起先我没注意我们停车了。”

停顿了一会儿。随后他深深吸了一口气,挺了挺胸膛,口气坚决地说:

“谁……能告我哪儿有加、加油站?”

至少有十几个人,其中有的比他稍微清醒一点,给他解释说轮子和车身已经彻底分家了。

“倒出来。”过了一会儿他提议道,“打上倒车挡。”

“可是轮子掉了！”

他迟疑了。

“试一试没坏处。”他说。

春猫般哀号的喇叭声音渐强，已经达到高潮，于是我掉转身，穿过草地回家去。我回头瞥了一眼。薄饼似的月亮照耀着盖茨比的豪宅，夜色如先前一般美好，而他依然灿烂的花园里欢声笑语早已消逝。一股突如其来的空虚似乎正从窗户和巨大的门洞里涌流出来，赋予主人的身影以全然的孤独，此刻他站在门廊，举起手来，做正式道别的姿势。

我写到这里，回头重读一遍，发觉我已经给人这样一种印象，好像相隔几个星期的三个晚上所发生的事情占据了我的全部注意力。其实刚好相反，它们只不过是一个繁忙夏天当中的一些小事，直到很久以后才引起我的特别注意，而当时我最关心的还是自己的个人事务。

我大部分时间都在工作。每天清早，我匆匆穿过纽约下城高楼之间的白亮缝隙赶往正诚信托公司，这时太阳把我的影子投向西边。我跟其他办事员和年轻债券推销员混得厮熟，和他们一起在阴暗、拥挤的饭馆里以小猪香肠、土豆泥外加咖啡当午饭。我甚至和一个家住泽西城、在会计部工作的女孩有过一段短暂的恋情，可是她哥哥开始用恶毒的眼神看着我，所以等她七月出去度假时，我就让这事悄悄地吹了。

我通常在耶鲁俱乐部吃晚饭——不知何故，这是我一天中最凄凉的节目——然后我去楼上图书室，花上一个小时认真研究投资和证券。俱乐部里不免总有几个吵吵闹闹的人，但他们从来不光顾图书室，所以那儿是个用功的好地方。之后，如果夜色柔美，我就沿着麦迪逊大道往南一路闲逛，经过老默里山饭店，再顺三十三街走到宾夕法尼亚车站。

我开始喜欢纽约，喜欢夜晚它那种挑逗、冒险的情调，喜欢男男女女和往来车辆持续不断一闪而过给应接不暇的眼睛带来的满足。我喜欢在第五大道上漫步，从人群中挑出美丽浪漫的女人，幻想几分钟后我就要进入她们的生活，而且永远不会有人发现或者反对。有时候，在我的想象里，我跟着她们走到隐秘街道的拐角上她们的公寓，进门之前她们回头对我嫣然一笑，然后隐入温暖的黑暗之中。在这个大都市迷人的暮色里，我有时感到一种无法排遣的孤独，同时也在别人身上感觉到——那些可怜的年轻小职员，在街头橱窗前徘徊，等着到时间进饭馆吃顿冷清的晚餐——黄昏中的年轻小职员，打发着夜晚和生活中最凄惨难熬的时光。

也是在晚上八点钟，四十几街那一带昏暗的街巷挤满了出租汽车，五辆一排，突突响着马达，都是前往戏院区的，这时我心中忽然感到一阵惆怅。那些出租车暂停的时候，车里面身形依偎，歌喉轻啭，听不见的笑话惹起阵阵笑声，点燃的香烟画出一个个难解的圆圈。我幻想着也在匆匆赶去寻欢作乐，也在分享他们亲密的兴奋，于是暗中为他们祝福。

有段时间我没有见到乔丹·贝克，后来在仲夏时节我又找到了她。起初我陪着她到处跑，很是引以为荣，因为她是高尔夫球冠军，谁都知道她的名字。然后事情就不仅止于此了。我不能说真正爱上了她，却感受到一种温柔的好奇。她对人总是一副厌倦、高傲的面孔，想必背后掩盖了点什么——大多数装腔作势到头来都是在掩盖什么，即使起初并不如此——后来有一天我发现了那是什么。当时我们一同上沃维克参加一个家庭聚会，她把借来的汽车停在外边却敞着车篷，结果被雨浇了，之后她就对这事撒谎推诿——突然间我记起了那天晚上在黛茜家没想起来的关于她的故事。她初次参加一个重要的高尔夫球锦标赛就发生了一场风波，闹得差点儿上了报纸——在半决赛那一轮，有人说她把球从一个不利位置挪动过。事情眼看就要酿成一桩丑闻——随后平息下去了。一个球童收回了他的证词，仅有的另一位证人也承认可能看错了。这个事件和她的名字一起留在了我脑海里。

乔丹·贝克本能地避开聪明、世故的男人，现在我明白了，这是因为她觉得待在一个任何偏离规范的行为都被视为不可能的圈子里比较安全。她不诚实到了无可救药的地步。她没有办法忍受处于劣势地位，而正因为这种不甘心，我猜想她从很小的时候就开始耍起了各种花招，为的是保持那种高冷、傲慢的微笑面对世人，而又能满足她那结实、矫健的身体的要求。

我对此并不介意。女人的不诚实，并不是一件值得深责的事——我只是略感遗憾，过后就忘了。也是在去往那次家庭聚会的时候，我们就开车的问题有过一段奇怪的对话。起因是她从几个工人旁边经过时挨得太近，结果汽车挡泥板擦到了一个工人上衣的纽扣。

“你开得太糟糕了。”我抗议道，“你应该再小心些，不然干脆就别开了。”

“我很小心。”

“不，你并不小心。”

“好吧，别人都很小心。”她轻巧地说。

“那跟你开车有关系吗？”

“他们会给我让道的。”她固执地说，“车祸也得要双方参与才行。”

“要是你碰到一个跟你一样大意的人呢？”

“我希望永远不会碰到。”她答道，“我讨厌大意的人。这是我喜欢你的原因。”

她那双被阳光损伤的灰色眼睛一直盯着前方，但她已经存心改变了我们的关系，一时间我以为我爱上了她。但是我思维迟钝，而且内心充满许多戒律，约束着我的种种欲望，同时我也知道必须首先完全摆脱家乡的那段纠葛才行。我依然是每星期写封信回去，并且署上“爱你的，尼克”，而我能想起的也仅仅是那位小姐打网球的时候，她的上唇沁出一溜细密的汗珠，像小胡子一样。不管怎样，我们之间确实有过那么一点暧昧的意思，须得巧妙地加以解除，然后我才能获得自由。

每个人都觉得自己拥有至少一项基本美德，而这就是我的：诚实的人我一生没见过几个，我是其中之一。

第四章

星期天早晨，当沿岸村镇的教堂响起钟声的时候，所有的人带着情妇又回到了盖茨比的豪宅，在他的草坪上滑稽地卖弄招摇。

"他是个贩私酒的。"年轻女士们说着，一边在他的鸡尾酒和鲜花丛之间走动，"有一次他杀了一个人，那人发现他是冯·兴登堡[①]的侄子，又是那个恶魔[②]的远房兄弟。给我摘一朵玫瑰花，宝贝儿，再给我那个水晶杯倒上最后一滴酒。"

我曾在一张火车时刻表的空白处一一写下了那年夏天来过盖茨比宅第的客人名字。现在这张时刻表已经很老旧了，折叠处几乎要散开，标题印着"本表自一九二二年七月五日起生效"。但我仍然认得出那些灰色的名字，它们可以给你一个更清楚的印象，好过我笼统地叙述他们哪些人接受过盖茨比的款待，并表达了对他彻底一无所知的微妙敬意。

那好，从东蛋来的，有切斯特·贝克尔夫妇和利契夫妇，还有一个叫邦

---

① 冯·兴登堡（Paul von Hindenburg，1847—1934），一战期间任德国陆军元帅，1925年任魏玛共和国总统。

② 指德皇威廉二世，见第二章。

森的男子，是我在耶鲁认识的，以及韦伯斯特·西维特医生，他去年夏天在缅因州淹死了。又有霍恩比姆夫妇和威利·伏尔泰夫妇，以及布莱克巴克整个家族，他们总是聚集在一个角落，一有人走近，他们就会像山羊一样翘起鼻孔。此外有伊斯梅夫妇和克里斯蒂夫妇（更确切地说是休伯特·奥尔巴赫和克里斯蒂先生的妻子），以及埃德加·比弗，他们说一个冬天的下午他的头发莫名其妙变得像棉花一样白。

我记得，克拉伦斯·恩狄夫是从东蛋来的。他只来过一次，穿的是白色灯笼裤，还在花园里跟一个叫艾蒂的流浪汉打了一架。从长岛更远的地方来的有齐德尔夫妇和O. R. P. 施雷德夫妇，以及佐治亚州的斯通瓦尔·杰克逊·亚伯拉姆夫妇，还有菲什加德夫妇和里普利·斯内尔夫妇。斯内尔进监狱的前三天，在这儿喝得烂醉如泥，倒在石子车道上，结果尤利西斯·斯威特太太的汽车从他的右手上碾了过去。丹西夫妇也来了，此外还有年近七十的S. B. 怀特贝特，有莫里斯·A. 弗林克，有汉姆海德夫妇，有烟草进口商贝路加，以及贝路加的女儿们。

从西蛋来了波列夫妇、马尔雷迪夫妇、塞西尔·罗伯克、塞西尔·肖恩、州参议员古利克、掌管卓越影片公司的牛顿·奥基德、艾克豪斯特、克莱德·科恩、堂·S. 史华兹（儿子）以及阿瑟·麦卡蒂，他们都跟电影界有这样或那样的关系。还有卡特利普夫妇、班博夫妇，以及G. 厄尔·马尔东，就是后来勒死妻子的那个马尔东的兄弟。演出承办商达·丰塔诺也来了，还有爱德·莱格罗、詹姆斯·B（“劣酒”）. 菲莱特、德·容夫妇和欧内斯特·利里——他们是来赌钱的，而当菲莱特到花园里闲逛时，你就知道他输了个精光，第二天联合机车公司的股票又得波动一番，好捞回损失。

一个叫克利普斯普林格的男人来得实在太勤，甚至得了一个外号叫作“房客”——我怀疑他根本就没有别的住处。戏剧界人士有格斯·威兹、贺拉斯·奥多诺万、莱斯特·迈尔、乔治·达克维德和弗朗西斯·布尔。从纽约来的还有克罗姆夫妇、贝克海森夫妇、丹尼克尔夫妇、罗素·贝蒂、科里根夫妇、凯莱赫夫妇、杜瓦夫妇、斯库利夫妇、S. W. 贝尔彻夫妇、斯默克夫妇，还有年轻的奎因夫妇，他们现在离了婚，以及亨利·L. 帕尔梅托，他后来在时报广场跳下地铁自杀了。

本尼·麦克莱纳汉总是带着四个女孩一起来。她们从来不是完全相同的一批人，可是乍一看都长得实在太相像了，你免不了以为她们以前是来过的。她们的名字我忘记了——大概是杰奎琳吧，不然就是康丝薇拉，或者格洛丽亚或者朱迪或者琼，她们的姓要么是悦耳的花名和月份名，要么是美国大资本家更庄严的姓氏，若是有人追问，她们便会坦承是他们的远房亲戚。

除了这许多人，我还记得福丝蒂娜·奥布莱恩至少来过一次，还有贝德克尔家姐妹，还有年轻的布鲁尔，他的鼻子在战争中被枪弹打掉了，还有阿尔布鲁克斯堡先生和他的未婚妻哈格小姐，还有阿尔迪塔·费兹彼得夫妇和曾经担任过美国退伍军人协会主席的P. 朱厄特先生，还有克劳迪娅·希普小姐，带着一个号称是她司机的男伴，还有一位某某亲王，我们都称他公爵，至于他的名字，就算我曾经知道，也早已忘掉了。

所有这些人，那年夏天都来过盖茨比的大宅。

七月末的一天早上，九点的时候，盖茨比华丽的汽车从我家崎岖的车道一路颠簸来到门口,三个音的喇叭发出一阵悦耳的曲调。

这是他第一次造访,虽然我已经去过他的聚会两次,坐过他的水上飞机,并且,应他的殷切邀请,时常过去享用他的私人海滩。

“早上好,老伙计。今天约好一起吃午饭的,我想干脆同车进城吧。”

他踩着车子的脚踏板以保持身体平衡,动作灵巧矫健,是一种典型的美国式姿势——我猜想,这是因为年轻时没有干过重体力活吧,更可能的原因,是我们各种紧张剧烈的运动所蕴含的无形的优美。这个特质不断突破他谨小慎微的风度,流露出来却成了一种躁动不宁。他一刻也不能安静;总有一只脚在哪里轻轻拍着,或者一只手在不耐烦地一开一合。

他见我正羡慕地看着他的汽车。

“它很漂亮,不是吗,老伙计?”他跳了下来让我看得清楚些。“你以前没看到过它吗?”

我看到过。每个人都看到过。车子是鲜浓的奶油色,镀镍的部分闪亮耀眼,长得惊人的车身这一处那一处鼓膨起来,巧妙舒爽地藏着放帽子、饭盒和工具的暗箱,而层层叠叠的挡风玻璃有如镜室迷宫一般,反射出十几个太阳的光彩。我们在许多层玻璃后面坐下,像是身处一个绿色皮革围成的温室,就这样动身向城里进发。

过去一个月里,我大概跟他交谈过五六次,却颇为失望地发现,他并没有多少话说。因此我最初以为他是一位尚未显山露水的重要人物的印象,已经渐渐淡化,现在他不过是隔壁一家精致的路边客栈的老板了。

接着就是那次令人窘迫的同车之行了。我们还没开到西蛋村,盖茨比就开始扔下说了半截的文雅句子不管,犹豫不决地用手拍着焦糖色西装的膝盖处。

“我说，老伙计，”他冷不丁爆出一句，“说实话，你觉得我这个人怎么样？”

我有点不知所措，只好含糊其词地搪塞一番。

“好了，我还是给你讲讲我的身世吧。”他打断我，“你听到那么多闲话，我不希望你对我产生误会。”

原来他也知晓客厅里那些给人们的闲聊添加了风味的离奇指控。

“上帝做证，我要跟你讲实话。”他突然举起右手，随时准备接受神的惩罚。“我是中西部一个富贵人家的儿子——他们现在都死了。我在美国长大，但在牛津受的教育，因为我家世世代代都是在那儿接受教育的，已经好多年了。这是个家庭传统。”

他斜眼看了我一下——我恍然明白了为什么乔丹·贝克相信他在撒谎。他把“在牛津受的教育”这句话匆匆带过，可以说是半吞半吐，或者被它噎住，好像这句话曾经使他很难堪似的。有了这个疑点，他的整个陈述就土崩瓦解了，于是我好奇起来，是不是说到底他并没有什么不可告人之处呢。

“中西部什么地方？”我随意问道。

“旧金山[①]。”

“哦，是这样。”

“我家人都死了，因此我得了一大笔钱。”

他的声音很沉重，仿佛家族突然凋零的记忆仍然在困扰着他。有一阵

① 旧金山在西海岸，不属于中西部。

子我怀疑他是否在跟我开玩笑，但是瞥了他一眼之后，我认定并非如此。

“那以后我就像一位年轻的印度王子，在欧洲各国的首都居住过——巴黎、威尼斯、罗马——收集珠宝，特别是红宝石，猎取大动物，偶尔也作作画，纯粹是自我消遣罢了，也是想努力忘掉很久以前一件令我非常伤心的往事。”

我拼命忍住，没让自己难以置信的笑声泄露出来。这些话语恰恰都是被人用滥的俗套，在我脑子里唤起的只能是这样的想象：一个裹着头巾的傀儡戏“人物”浑身每个孔洞都往外漏着木屑，一边在布洛涅林苑[1]追逐一只老虎。

“然后战争爆发了，老伙计。这对我是个莫大的宽慰，我千方百计寻死，可是我好像有魔法护体呢。战争一开始，我获授中尉军衔。在阿尔贡森林战役[2]，我带领我的机枪营残部奋勇深入前线，结果我们两翼都拉开了半英里的空当，那里步兵无法推进。我们就地坚守了两天两夜，一百三十个士兵，十六挺刘易斯式机枪；等到步兵终于赶上来时，他们在堆积如山的尸体中找到了德军三个师的徽章。我被提升为少校，每一个同盟国政府都颁授我一枚勋章——甚至包括黑山王国，就是亚德里亚海边那个小小的黑山王国！”

小小的黑山王国！他说这几个字的时候，略微提高了声调，冲它们点点头——脸上带着微笑。这个微笑了解黑山王国多灾多难的历史，并且同情

---

① 布洛涅林苑（Bois de Boulogne），巴黎城西的一座森林公园。

② 阿尔贡森林是法国东北部一片狭长的森林。1918年9至11月的默兹-阿尔贡森林战役中，美军投入了120万名士兵，其中超过2.6万名在此战役中阵亡。

黑山人民英勇的斗争。这个微笑也完全理解这个国家境况的演变链条，正因为此，黑山从它温暖的小小内心里发出了这份颂扬。我的狐疑此刻已彻底淹没在惊奇之中了；这就像是在快速翻阅十几本杂志一样。

他把手伸进口袋里，随即一块吊挂在缎带上的金属片落进了我的手掌。

“那就是黑山王国授的勋章。”

令我吃惊的是，这东西看上去是真的。“丹尼罗勋章，”一圈铭文写道，“黑山，尼古拉斯国王。”

“翻过来。”

“杰伊·盖茨比少校，”我念道，“以其英勇非凡。”

“我这儿还有一件随身携带的东西。牛津岁月的纪念品。它是在三一学院方庭里照的——我左边那个人现在是唐卡斯特伯爵。”

这是一张五六个年轻人的照片，他们身穿运动夹克，闲站在一个拱门下，穿过拱门可以看见许多尖顶。盖茨比就在其中，看上去比现在年轻一些，但也不太多——手里拿着一把板球拍。

那么这一切都是真的了。我仿佛看见一张张老虎皮耀眼地悬挂在威尼斯大运河边上他的宫殿里；仿佛看见他打开一箱红宝石，借着它们深红的光泽，缓解他那颗破碎的心所遭受的噬咬。

“我今天有件大事要请你帮忙，”他说着，满意地把他的纪念品放进口袋里，“所以我觉得你应当对我有所了解。我不想让你以为我只是某个无名之辈。你知道的，我周围往往都是一些陌生人，因为我东飘西荡的，就想忘掉发生在我身上的那些伤心往事。”他犹豫了一下。“下午你就知道了。”

“吃午饭的时候?”

“不,今天下午。我碰巧知道你约了贝克小姐喝茶。”

“你是说你爱上了贝克小姐?”

“不,老伙计,我没有。可是贝克小姐已经欣然同意,来跟你谈谈这件事情。”

我一点儿也不知道“这件事情”究竟是什么,然而我不但毫无兴趣,更觉得厌烦。我请乔丹喝茶,可不是为了谈论杰伊·盖茨比先生。我敢肯定他要我帮忙的一定是什么异想天开的事,一时间我颇为后悔当初踏上他那人满为患的草坪。

他闭口不再多说。我们离城越来越近,他也变得越发拘谨。我们经过罗斯福港,那儿可以瞥见围有一道红带的远洋货轮;又驶过一片贫民区,石子路两旁有许多黑洞洞被人遗弃的酒吧,都是二十世纪初褪色的镀金时代留下的。接着,灰烬之谷在我们两侧展开,我们经过时,我还瞥见威尔逊太太正在加油机旁气喘吁吁地拼命泵油。

汽车挡泥板两翼张开有如翅膀,我们把光散播到了半个阿斯托里亚[①]——只是半个,因为正当我们在高架铁路的支柱之间迂回穿梭的时候,我听到一辆摩托车熟悉的“突—突—噼啪!”的响声,随即一名气急败坏的警察出现在我们旁边。

“好了,老伙计。”盖茨比喊道。我们放慢了速度。盖茨比从皮夹里掏出一张白色卡片,在这人眼前晃了晃。

---

① 阿斯托里亚(Astoria),纽约皇后区西北部与曼哈顿隔东河相望的一个社区。

“对的，对的。”警察满口称是，一边碰了碰帽檐，“下次就认得您了，盖茨比先生。原谅我！”

“给他看了什么？”我问道，“那张牛津照片吗？”

“我给警察局长帮过一次忙，他每年都给我寄圣诞贺卡。”

行驶在大桥上，阳光透过钢梁照在川流不息的车辆上一闪一闪的，河对岸的城市高耸于眼前，成堆的白色大楼像糖块一样，全都是出于远离腥臭金钱的愿望而建造起来的。从皇后区大桥看去，这座城市永远是初次看见那样，信守着它第一次就给予你的狂野承诺——世上一切的神秘和瑰丽。

一个死人从我们身旁经过，装载他的灵车上堆满了鲜花，后面跟着两辆马车，都拉上了帘子，还有几辆气氛轻松一些的马车载着亲友。这些亲友有着东南欧人忧伤的眼睛和短短的上唇，他们从车子里朝我们张望，而我很乐意他们在阴郁的出殡日里还能看到盖茨比华丽的汽车。我们穿越布莱克威尔岛[①]的时候，一辆加长豪华轿车超越了我们，司机是个白人，车里坐着三个时髦的黑人，两个小子，一个女孩。他们冲着我们傲慢挑衅地翻了翻白眼，我不觉笑出声来。

“我们既已过了这座桥，就任何事情都可能发生了，”我心里想，“任何事情……”

就连盖茨比这种人物都会出现，用不着大惊小怪。

酷热的中午。我跟盖茨比约好在四十二街一家风扇开得十足的地下餐

---

① 布莱克威尔岛（Blackwell’s Island），即今罗斯福岛（Roosevelt Island），在东河上。

厅碰头，一起吃午饭。我进门先眨了眨眼睛，挤掉外面马路上的亮光，随后在接待室里模模糊糊地认出了他，此刻他正跟另一个人说着话。

“卡拉维先生，这是我的朋友沃尔夫山姆[①]先生。”

一个矮小、塌鼻子的犹太人抬起他硕大的脑袋，以鼻孔里繁茂生长的两撮浓密的毛向我致意。过了一会儿，我才在半明半暗之中发现他的两只小眼睛。

“——然后我只看了他一眼，”沃尔夫山姆先生说着，一面热切地跟我握手，“你猜猜我干了什么？”

“什么？”我客气地问道。

但是显然他并不是在跟我讲话，因为他放掉了我的手，把他那富于表情的鼻子对准了盖茨比。

“我把钱递给凯兹保[②]，对他说：‘那好吧，凯兹保，他不闭嘴，你一分钱也别付给他。’他当场就闭了嘴。”

盖茨比一边一个挽上我们的胳臂，移步进了餐厅，当时沃尔夫山姆先生正要开口说什么，只得把话咽了下去，人也陷入一种梦游般的出神状态。

“海波[③]？”领班侍者问道。

“这家馆子还不错。”沃尔夫山姆先生说，一边望着天花板上的长老会宁芙[④]，“但我更喜欢街对过那家！”

---

① 沃尔夫山姆(Wolfshiem)，作者杜撰的犹太风姓氏，关键字：狼。

② 凯兹保(Katspaugh)，谐音cat’s paw，为他人火中取栗的人。

③ 海波(highball)，烈酒、软饮料加冰调配的鸡尾酒。

④ 宁芙(Nymph)，希腊神话中的山泽精灵，在古典绘画中的形象常是美丽的妙龄少女。这里所谓“长老会”，是指她们穿戴严实，形态拘谨。

“好的，海波。”盖茨比同意道。然后他对沃尔夫山姆先生说：“那边太热了。”

“又热，地方又小——是的，”沃尔夫山姆先生说，“可是充满了回忆。”

“那是什么地方？”我问。

“老大都会。”

“老大都会。”沃尔夫山姆先生阴郁地沉思道，“满是消逝的面孔。满是一去不复返的朋友。我一辈子也不会忘记那个晚上，他们在那儿开枪打死了罗西·罗森塔尔①。我们一桌六个人，罗西整晚上都在胡吃海喝。快到天亮的时候，跑堂的一脸奇怪的表情走过来，说有人请他到外面讲话。‘好吧。’罗西说着就要站起来，但我一把将他拉回到椅子上。

“‘那些杂种要找你，让他们进来讲好了，但是罗西，你绝对不要走出这间屋子。’

“那时候已经是凌晨四点，要是我们拉起窗帘，肯定看得见外面天亮了。”

“他去了吗？”我天真地问。

“当然去了。”沃尔夫山姆先生的鼻子气呼呼地朝我一掀。“他走到门口还转身说了句：‘别让跑堂的收走我的咖啡！’说完走到外面人行道上，他们朝他胀鼓鼓的肚子开了三枪，驾车跑了。”

“他们四个人坐了电椅。”我说，记起这事来了。

“五个，加上贝克尔。”他的鼻孔转向我，对我颇感兴趣的样子。“我听说

---

① 罗森塔尔谋杀案是1912年7月16日凌晨发生在纽约的真实案件。赫尔曼·罗森塔尔（Herman Rosenthal）是一家非法赌场的庄家，在向媒体抱怨遭高级警官贝克尔（Charles Becker）勒索保护费后，被后者指使的下东区犹太黑帮成员枪杀于西43街147号大都会饭店门口。四名枪手和警察贝克尔后被执行死刑。

你在寻找业务关系。”

这两句话并列在一起，让人听了不觉心惊。盖茨比替我做了回答：

“啊，不是，”他大声说，“这不是那个人。”

“不是？”沃尔夫山姆先生显得很失望。

“这只是一位朋友。我告诉过你，那件事我们另找时间谈。”

“对不起，”沃尔夫山姆先生说，“我弄错人了。”

一盘鲜嫩的蔬菜炒肉丁端了上来，于是沃尔夫山姆先生抛开老大都会更为伤感的气氛，带着凶残的文雅开始吃起来。他一边吃，一边非常缓慢地转动两眼，把整个餐厅巡视一遍——终于转过头来审视正后方的客人，从而完成了扫描的弧圈。我想，若不是有我在座，他恐怕连我们自己的桌子底下也会瞥上一眼的。

“听我说，老伙计，”盖茨说着，向我靠过来，“今天早上在车里，我怕是惹你生气了吧。”

他脸上又出现了那种笑容，可是这次我顶住了诱惑。

“我不喜欢打哑谜，”我答道，“我不明白你为什么不肯坦率地讲出来，告诉我你到底要什么。为什么一定要通过贝克小姐？”

“噢，并不是什么见不得人的事。”他向我保证，“你也知道，贝克小姐是一位极有名望的运动员，不正当的事情她是绝对不会做的。”

他突然看了一眼手表，跳起身来，随即匆匆走出房间，把我和沃尔夫山姆先生留在了餐桌上。

“他要打电话。”沃尔夫山姆先生说，目送他出去，“好小伙，是不是？外貌英俊，而且人品极好。”

“是的。”

“他是扭津[1]毕业的。”

“哦!”

“他上过英国的扭津大学。你知道扭津大学吗?”

“听说过。”

“它是全世界最有名的一个大学。”

“你认识盖茨比很久了吗?”我问道。

“好几年了。”他满意地答道,“打完仗不久我有幸认识了他。可是跟他才谈了一个小时,我就知道我发现了一个极有教养的人。我对自己说:‘像这样的人,你是愿意带回家介绍给你母亲和妹妹认识的。’”他停顿了一下。“我知道你在看我的袖扣。”

我本来并没有看,现在倒是看了。这副袖扣是用几块古怪的象牙做的,看着很眼熟。

“精选的人类臼齿。”他告诉我。

“是吗!”我仔细看了一番。“真是个非常有趣的主意。”

“唔。”他把衬衣袖口卷到外套下面。“唔,盖茨比在女人方面非常规矩。朋友的太太他是不会多瞧一眼的。”

等那位他凭本能信赖的对象回到餐桌旁坐下的时候,沃尔夫山姆先生猛地一口喝掉他的咖啡,然后站了起来。

“中饭吃得很愉快,”他说,“现在我该走开让你们两个年轻人聊一聊,

---

① 沃尔夫山姆将Oxford读成了Oggsford。

不然你们要嫌我不知趣了。”

“不用忙，迈尔。”盖茨比说，并没有热情。沃尔夫山姆先生扬起手表示某种祝福。

“你非常客气，不过我是老一辈的人了。”他严肃地声明，“你们在这里坐坐，谈谈你们的运动，你们的年轻女人，你们的——”他又把手一挥，充作一个想象中的名词。“至于我嘛，我已经五十岁了，也就不想再打搅你们二位了。”

他跟我们握手，然后转过脸去，只见那忧伤的鼻子又在颤动。我不知道是否说了什么得罪他的话。

“他有时候会非常伤感。”盖茨比解释道，“今天不巧是他伤感的一天。他在纽约算得上一号人物——百老汇的常客。”

“他到底是什么人，演员吗？”

“不是。”

“牙医？”

“迈尔·沃尔夫山姆吗？不是，他是个赌徒。”盖茨比犹豫了一下，然后冷冷地补充道：“他就是一九一九年操纵世界棒球联赛的幕后主使。”

“操纵世界棒球联赛？”我重复道。

这个说法让我震惊。我当然记得一九一九年世界棒球联赛被操纵的案子，可是就算我想到过这事，我也只会以为那不过就是一件曾经发生的事情，是一连串必然事件的结局。我从来没想过一个人竟然可以玩弄五千万人的信心——就像要炸开保险箱的窃贼，不达目的哪肯罢休。

“他是怎么干上这种事的？”我过了好一阵才问道。

“只是看到了机会。”

“那他怎么没坐牢？”

“他们抓不了他，老伙计。他精得很。”

我抢着付了账。当侍者送来找的零钱时，我看见汤姆·布坎南就在拥挤的餐厅对面。

“跟我来一下，”我说，“我要跟一个人打声招呼。”

汤姆看见我们立马跳将起来，一连五六步迎了上来。

“你到哪儿去了？”他急切地追问，“这么久也不来个电话，黛茜都气疯了。”

“这位是盖茨比先生，布坎南先生。”

他们简单握了一下手，盖茨比脸上忽然罕见地露出一种很不自然的窘迫表情。

“你近来到底怎样？”汤姆对我穷追不舍，“你怎么跑这么远来吃饭？”

“我在跟盖茨比先生一道吃午饭。”

我回头来看盖茨比先生，但他人已经不见了。

一九一七年十月的一天——

（那天下午在广场饭店的茶室里，乔丹·贝克非常挺直地坐在一把挺直的椅子上，讲述道）

——我正在漫无目的地闲逛，一半在人行道上走，一半走进人家的草坪里。我更喜欢走草坪，因为我穿的是一双英国鞋，鞋底的橡皮钉会吃进松软的地面。我还穿了一条新的格子花呢裙，在风里会微微鼓起来，每当这时，所有人家门前的红白蓝三色旗就都舒展得笔直，发出“啧啧啧啧”的声响，好像不满意似的。

最大的那面旗子和最大的那片草坪都是黛茜·费伊家的。她刚满十八,比我大两岁,是路易斯维尔所有年轻女孩中最招人喜欢的那个。她爱穿白色衣裙,开一辆白色敞篷车,她家的电话整天响个不停,泰勒营[①]那些兴奋的青年军官都在要求当晚独占她的全部时间。“无论如何,一个小时可以吧!”

那天早上我走到她家对面的时候,她的白色敞篷车正停在路边,她和一个我以前从未见过的中尉一起坐在车上。他们是如此专注于对方,我走到五尺之内她才看见我。

“你好,乔丹。”她意外地喊道,“请过来一下。”

她要跟我说话,这让我受宠若惊,因为所有比我大的女孩当中,她是我最崇拜的。她问我是不是要去红十字会做绷带。我说是啊。那好,可否请我告诉他们那天她不能来了?黛茜说话的时候,那位军官一直看着她,那眼神啊,每个年轻女孩都希望将来有人也这样看着自己。我觉得这个小插曲很浪漫,所以后来一直记得这一幕。他的名字叫杰伊·盖茨比,从那以后一晃四年多,我再也没有见过他——甚至在长岛见到他以后,我都没意识到原来就是同一个人。

那是一九一七年。到了第二年,我自己也有了几个仰慕者,同时我开始参加锦标赛,所以不常见到黛茜。与她来往的是一帮比我年纪稍大的朋友——如果她还跟人来往的话。关于她的劲爆谣言传得满天飞——说一个

① 泰勒营(Camp Taylor),路易斯维尔郊外的一个士兵训练营地。

冬天的晚上，她母亲如何发现她在收拾行装，准备去纽约跟一个要到海外作战的士兵告别什么的。家里人如愿拦下了她，可是事后她一连好几个星期不跟家人说话。从那以后她就再也不跟当兵的一起玩了，只跟镇上几个根本参不了军的平足、近视的年轻人来往。

等到第二年秋天，她又快乐起来了，跟从前一样快乐。停战以后，她举办了成人礼舞会，据说二月份就跟一个从新奥尔良来的男人订了婚。到了六月，她嫁给了芝加哥的汤姆·布坎南，婚礼极尽奢华，是路易斯维尔从来没有见过的。他包了四节车厢，和一百位客人一同南来，又在莫尔巴赫酒店租下整整一层楼，而且在婚礼前一天送给她一串价值三十五万美元的珍珠项链。

我做伴娘。彩排晚宴前半个小时，我走进她的房间，只见她穿着绣花礼服躺在床上，像六月的夜晚一样可爱——却也烂醉得像只猴子。她一手拿着一瓶苏玳白葡萄酒，一手捏着一封信。

"恭……喜我。"她含混不清地说，"从来没有喝过酒，可是啊，今天喝得真痛快。"

"怎么啦，黛茜？"

我很害怕，不瞒你说；我从没见过女孩子醉成那样。

"来呀，小宝贝。"她在拿到床上的废纸篓里摸索了一会儿，拎出那串珍珠项链。"把这个拿到楼下去，管他是谁的，还给他就是了。告诉他们所有人黛茜改主意了。就说：'黛茜改主意了！'"

她哭了起来——一直哭个不停。我急忙冲出去，找来她母亲的女仆，然后我们把房门锁上，让她洗个冷水澡。她不肯放下那封信。她拿着它进了澡盆，捏成湿湿的一团，眼看就要散成雪花一样的碎片，才让我拿过去放在肥皂碟里。

可是她没有再说一个字。我们给她闻氨气[①]，用冰敷在她的前额，又哄她把礼服穿好，就这样半小时之后，等我们走出房间时，那串珍珠又绕在了她脖子上，一场风波总算过去了。第二天下午五点钟，她跟汤姆·布坎南结了婚，前一天晚上的事竟然没有留下一丝痕迹，然后他们动身开始了三个月的南太平洋之旅。

他们回来以后，我在圣巴巴拉见到他们，我觉得我从来没有见过一个女孩那么迷恋丈夫。他离开屋子一小会儿，她就会不安地四下张望，一边说："汤姆上哪儿去了？"一副神情恍惚的样子，直到看见他从门口进来才放心。她常常在沙滩上一坐就是个把小时，让他把头枕在自己怀里，手指轻轻按摩着他的眼睛，一面无限快乐地看着他。看着他们在一起的情景，你会满心感动——忍不住心驰神往地偷偷一笑。那是八月间的事。我离开圣巴巴拉一周后的一天晚上，汤姆在文图拉路撞上了一辆货车，他的汽车被撞飞了一只前轮。跟他同车的女孩也上了报纸，因为她的胳膊骨折了——她是圣巴巴拉酒店一个收拾房间的女服务员。

第二年四月，黛茜生了女儿，随后他们全家去法国住了一年。一个春天我在戛纳见到了他们，后来又在多维尔见过，再后来他们就回芝加哥定居了。黛茜在芝加哥很出风头，这你是知道的。跟他们来往的是一群纵情作乐的人，个个年轻、富有又放荡，但是她的名声始终是绝对完美的。也许是

① 氨气有刺激性气味，少量使用可促人清醒。

因为她不喝酒。在一帮酗酒的人中间，不喝酒可是占尽了优势。你可以管住自己的嘴，再者，你可以选择时机搞点自己的小动作，等别人都醉得看不见或者不在乎的时候动手。也许黛茜根本不喜欢玩什么风流情事——然而她的声音里却总有那么点儿暧昧……

嗯，大约六个星期前，她多年来第一次听到了盖茨比这个名字。就是那次我问你——你还记得吗？——是否认识住在西蛋的盖茨比。你走了以后，她到我房间里来把我推醒，说："哪个盖茨比？"我把他形容了一番——我还半睡半醒的——她说一定是她从前认识的那个人，她的声音听着特别奇怪。直到那时，我才把这个盖茨比跟当年她白色敞篷车里的军官联系起来。

等乔丹·贝克讲述完这一切，我们早已离开广场饭店半个小时，正乘坐一辆敞篷马车在中央公园溜达。太阳落到了西五十多街电影明星们的高层公寓后面，小女孩们已经像蟋蟀一样聚集在草地上，她们清亮的嗓音在闷热的黄昏中升起：

我是阿拉比的酋长。
你的爱跑不出我手掌。
今夜等你睡得正浓，
我偷偷爬进你的帐篷——[1]

---

① 《阿拉比的酋长》（"The Sheik of Araby"）是1921年的热门歌曲，歌词基于鲁道夫·瓦伦蒂诺同年主演的爱情剧情片《荒漠艳影》（*The Sheik*）。歌词暗示财富可以收割爱情，而"偷偷爬进"就有猎取的意味。

“真是一个奇怪的巧合。”我说。

“可这根本不是巧合。”

“为什么不是?”

“盖茨比买下那座房子,这样就跟黛茜仅仅隔着一道海湾了。”

这么说,那个六月的夜晚他满心企望的就不只是天上的星斗了。在我眼里,他一下子变得鲜活了,仿佛突然从他那毫无意义的奢华中降生出来。

“他想知道,”乔丹继续说,“你是否愿意哪天下午请黛茜到你家里来,然后让他也来坐坐。”

这个要求竟如此微不足道,着实把我惊呆了。他等了五年,买下一座豪宅,在那里把星光施与偶然过往的飞蛾——就为了某个下午可以到一个陌生人的花园里“来坐坐”。

“我非得先知道这一切,他才能托我这点小事吗?”

“他是担心,他等得太久了。他想你也许会见怪。你看,他骨子里就是个彻底的蠢蛋。”

我还是觉得不踏实。

“他为什么不请你安排一次见面呢?”

“他想让她看看他的房子。”她解释道,“而你家就在隔壁。”

“噢!”

“我想他大概是指望哪天晚上她会偶然逛到那里,参加一次他的聚会吧,”乔丹继续说道,“但是她始终没去。后来他开始有意无意地打听是否有人认识她,我是他找到的第一个人。就是那晚在舞会上,他派人请我单独谈话那一次,可惜你没有听到他是如何大费周章才说到正题的。我自然马上建议在纽约吃顿午餐——没想到他一听就急疯了：

"'我可不要搞什么新鲜花样！'他不停地说，'我就想在隔壁见见她。'

"后来我说你是汤姆特别要好的朋友，他又想完全打消这个主意。他并不是十分了解汤姆，虽然他说他订阅一份芝加哥报纸好几年了，只希望能碰巧看到黛茜的名字。"

天已经黑了，我们探到一座小桥下面，这时我伸出胳臂搂住乔丹金黄色的肩膀，把她拉近，请她一起吃晚饭。忽然间，我心里所想已不再是黛茜和盖茨比，而是这个干净、结实、有局限的人了，她对一切都持怀疑态度，而此刻正轻松地仰靠在我的臂弯里。一个警句开始在我耳畔反复敲响，颇有些任性的激情："世上不过几种人而已，被追求者和追求者，忙碌者和倦怠者。"

"黛茜的生活里也应当有点安慰。"乔丹低声对我说。

"她愿意见盖茨比吗？"

"事先不让她知道。盖茨比不想让她知道。你只是请她来喝茶。"

我们经过一排黑沉沉的树木屏障，眼前是五十九街的高楼，一片柔和暗淡的灯光照进了下面的公园。跟盖茨比和汤姆·布坎南不同，我没有情人幽灵般的面孔沿着昏暗的檐口和炫目的招牌飘忽隐现，于是我把身边的女孩拉近一些，胳臂搂紧。她苍白、轻藐的嘴笑了一笑，于是我把她搂得更紧，这次贴着了我的脸。

第五章

那天夜里我回到西蛋的时候，一度担心我的房子是不是着了火。已经是半夜两点钟，而半岛整个一角却是光焰耀眼，光线落在灌木丛中显得有些虚幻，照在路旁电线上则形成一道道细长而闪烁不定的光亮。转弯之后，我才看出原来是盖茨比的房子，从塔楼到地窖都灯火通明。

起初我以为这又是一次聚会，一场狂欢的盛会，人们自发玩起了“捉迷藏”或“挤沙丁鱼”，整个豪宅也开放给大家做游戏。可是没有一点声响。只有树丛中的风声，风吹动电线，使得灯光一明一暗的，好像房子在对着黑夜眨眼。当出租车吱吱嘎嘎开走时，我看见盖茨比穿过草坪朝我走来。

“你家里像是在开世界博览会。”我说。

“是吗？”他心不在焉地转身望了望。“我随便查看了一下几个房间。我们去康尼岛吧，老伙计。坐我的车。”

“时间太晚了。”

“好吧，那我们到游泳池里泡一泡如何？我一夏天都没用过呢。”

“我得上床睡觉了。”

“好吧。”

他等待着，压抑着内心的急切望着我。

“我跟贝克小姐谈过了。”过了一会儿我说，“我明天会给黛茜打电话，请她来这边喝茶。”

“哦，那好嘛。”他淡漠地说，“我不想给你添麻烦。”

“你看哪天合适？”

“你看哪天合适？”他马上纠正我，“你知道，我不想给你添麻烦。”

“后天怎么样？”

他考虑了一会儿。随后，他有些勉强地说：“我要找人把草坪修剪一下。”

我们同时低头看了看草地——我家乱蓬蓬的草地尽头是一道清晰的分界线，隔着那边他的一大片深绿色修剪整齐的草坪。我觉得他是要修剪我这边的草。

“另外还有一件小事。”他吞吞吐吐，犹豫着该怎么说。

“你是不是希望推迟几天？”我问道。

“哦，不是那件事。至少——”他笨拙地尝试着打开话头，“呃，我想——呃，听我说，老伙计，你挣钱不是很多，对吧？”

“不太多。”

这似乎让他放心了一点，于是他放开胆子继续说下去。

“我想你挣得不多，请原谅我的唐突——你知道，我顺带做点小生意，算是个副业，你明白的。我在想如果你收入不是特别多的话——你在卖债券，是吧，老伙计？”

“在学着做。”

“那么，这事你也许会感兴趣。不会占用你很多时间，而你可以赚到一笔可观的钱。这碰巧是一件相当机密的事。”

我现在意识到，如果当时是另外一种情况，那次谈话可能会成为我一生中的一个转折点。但是，他把话说得露骨又不得体，明摆着是为了酬谢我的帮助而给我好处，那我别无选择，只能当场把他的话打断。

“我已经忙不过来了。”我说，“感激不尽，可是我实在接不了更多的工作了。”

“你不需要跟沃尔夫山姆做任何买卖。”他大概以为我是想避开午餐时提到的那种“关系”，但我向他保证不是这样。他又等了一会儿，希望我提起话头，但是我的心思已完全不在这儿。见我没有回应，他只好无可奈何地回家去了。

这一晚的事情弄得我晕乎乎的，更是十分快乐；我想我一进大门就直接步入了黑甜的梦乡。因此我不知道盖茨比是否去了康尼岛，也不知道他花了几个小时“随便查看房间”，同时让他的房子继续招摇地大放光明。第二天上午我从办公室给黛茜打了个电话，邀请她过来喝茶。

“别带汤姆来。”我提醒她。

“什么？”

“别带汤姆来。”

“‘汤姆’是谁？”她天真地问。

约定的那天下起了瓢泼大雨。上午十一点钟，一个穿雨衣的男人拖着一台割草机，来敲我的大门，说盖茨比先生派他过来给我割草。我忽然想到忘了关照我的芬兰女佣回来帮忙，于是立刻开车去西蛋村，在湿淋淋的白灰墙小巷子之间四处找寻她，再顺便买了一些茶杯、柠檬和鲜花。

买花实属多余，因为下午两点钟，一温室的鲜花从盖茨比家里送到，连同数不清的花瓶之类，供盛花之用。一小时以后，大门紧张不安地打开，盖茨比一身白法兰绒套装、银色衬衫和金色领带，慌乱地赶了进来。他脸色苍白，眼圈黑黑的，看得出一夜没睡好。

“都办妥了吗？”他进门就问。

“你是说草吗？看上去很漂亮。”

“什么草？”他茫然地问道，“噢，院子里的草。”他从窗户向外望了望，可是从他的表情来看，我相信他什么也没看见。

“看上去很好。”他含糊地评论道，“有家报纸说，他们觉得四点左右雨会停。我想是《华尔街日报》吧。喝茶——喝茶需要的东西都齐全了吗？”

我领着他进了配餐间，他有点责备地看了看那芬兰女佣。我们一起把甜食店买来的十二块柠檬蛋糕细细查看了一番。

“可以对付吗？”我问道。

“可以，可以！很不错！”然后他缺乏诚心地又加了一声：“……老伙计。”

三点半左右，雨渐渐收了，变成了一片湿雾，其中偶尔还有几颗小水滴像露珠一样飘荡着。盖茨比心不在焉地翻看着一本克莱的《经济学》①，只要芬兰女佣的脚步稍重，震动了厨房地板，他就不由自主地一惊；他还时不时朝着模糊的窗户张望，仿佛外面正在发生一连串看不见却令人心惊的事情。最后他站了起来，声音迟疑地对我说，他要回家了。

“为什么回家？”

---

① 英国经济学家亨利·克莱（Henry Clay，1883—1954）1916年出版的一部面向普通读者的著作。克莱毕业于牛津大学。

“没有人要来喝茶了。时间太晚了！”他看了看表，好像别处还有要紧的事等着他去办。“我等不了一整天。”

“别傻了，还差两分钟才到四点呢。”

他苦着脸坐了下来，好像是我强压他似的，这时外面传来汽车拐进我家车道的声音。我们一齐跳了起来，于是，我自己都有些忐忑地出门到了院子里。

花事已过的紫丁香树湿漉漉滴着水，树下一辆大型敞篷汽车沿着车道开了上来。车停了。黛茜头上一顶浅紫色三角帽，脸侧向一边，带着心醉神迷的灿烂微笑斜看着我。

“这儿绝对是你住的地方吗，我最亲爱的人儿？”

在雨中，她声音的涟漪是雨的主调，又像是一剂狂野的药酒，令人陶醉、兴奋。我先得专心用耳朵跟随那声音一会儿，追赶它的高低起伏，然后任何词语才能够听进来。一绺潮湿的头发斜斜贴在她的脸颊上，像抹了一笔蓝色的颜料；我搀她下车的时候，见她的手也湿湿地滴着晶莹的水珠。

“你是爱上我了吗？”她悄悄在我耳朵边说，“不然为什么非得我一个人来？”

“那是拉克伦特古堡①的秘密。叫你的司机走得远远的，过一个钟头再来。”

“过一个钟头再回来，费迪。”然后她沉重地低语道：“他的名字叫费迪。”

“汽油味会伤他的鼻子吗？”

---

① 《拉克伦特古堡》(*Castle Rackrent*)是英国作家埃奇沃思(Maria Edgeworth，1767—1849)的中篇小说，讲述一个爱尔兰地主家族衰落的故事，其中并没有什么“秘密”。不过小说题目听着像哥特小说，而这类小说里城堡、大宅中倒往往藏着秘密。

“当然不会了。”她天真地说,“怎么啦?”①

我们走进屋子。令我惊掉下巴的是客厅里居然空无一人。

“咦,真是怪事。”我惊叫道。

“什么怪事?”

这时外面有人很是庄重地轻轻敲门,她转过头去。我走过去开门。只见盖茨比面如死灰,两手揣在上衣口袋里如重物一般,他正站在一摊水里,神情悲苦地盯着我的眼睛。

他阔步从我身边跨进前厅,手依然揣在上衣口袋里,然后猛地一转身,好似牵线木偶一般,走进客厅不见了。那样子一点也不好笑。我知道自己也是心扑扑乱跳,便赶紧拉上门挡住外面越下越大的雨。

有半分钟之久,一点声息也没有。然后我听到客厅里传来一种哽咽似的低语和半声尬笑,接着就是黛茜清晰而做作的声音:

“又见到你,我当然是特别高兴了。”

一阵静寂;它可怕地持续着。我在过道里也是无事可做,于是走进了客厅。

盖茨比依旧两手插在口袋里,正斜倚着壁炉台,勉强装出一副轻松自得,甚至闲极无聊的神态。他的头尽力后仰,靠在一座弃置不用的壁炉钟的钟面上,以这个姿势,那双纠结烦乱的眼睛向下凝视着黛茜;此刻她坐在一把硬背椅子边上,虽说受了惊吓,姿态却不减优雅。

“我们以前见过。”盖茨比嘟囔道。他瞥了我一眼,嘴唇张开想笑却又没能笑出来。幸运的是,因为他头部的推压,座钟恰好在那一刻歪斜得摇摇

① 第一章里黛茜讲过“管家的鼻子”的故事,这里她显然忘了。尼克在拿此事开玩笑。

欲坠，于是他急忙转身用颤抖的手指将它扶住，再放回原处。然后他僵硬地坐下来，胳臂肘支在沙发扶手上，手托着下巴。

“对不起，碰翻了钟。”他说。

这时我自己也是脸涨得通红。脑子里纵有千百句客套话，却是一句也说不出来。

“那是一座旧钟。”我白痴似的告诉他们。

我想，我们一度都相信那钟已经在地上摔碎了。

“我们很多年不见了。”黛茜说，声音尽可能显得平淡。

“到十一月整整五年。”

盖茨比不假思索的回答至少使我们又都愣了一分钟。情急之下，我建议他们到厨房帮我预备茶点，他俩都站起身来，可这时那着了魔的芬兰女佣用托盘把茶点端了进来。

递茶杯、传蛋糕，一阵令人欣喜的忙乱之中，总算建立起一种表面的礼节。盖茨比躲到一边去了，不过，当黛茜和我交谈时，他认真地在我们两人之间看来看去，眼神紧张而忧郁。可是，平静得体本身并不是这次会面的目的，所以我一有机会就找了个借口，站起身来。

“你要去哪儿？”盖茨比立刻惊慌地问道。

“我就回来。”

“先别忙走，我有话要跟你说。”

他狂野地跟着我进了厨房，关上门，然后小声说：“啊，天哪！”样子很是痛苦。

“怎么回事？”

“这是个可怕的错误，”他说着，一边左右摇头，“一个可怕、可怕的错误。”

“你只是尴尬罢了，没什么。”幸好我又补了一句：“黛茜也很尴尬。”

“她很尴尬？”他不敢相信地重复道。

“跟你一样尴尬。”

“声音小点。”

“你做事就像个小孩。”我不耐烦地发作道，“非但如此，你还无礼得很。黛茜可是一个人孤零零坐在里面。”

他举起手制止我讲下去，怀着刻骨的怨恨看了我一眼，然后小心翼翼地打开门，回到那间屋子里去了。

我从后门走了出去——半小时前盖茨比正是从这里出去，惶恐不安地绕着房子兜了一个圈子的——随即跑向一棵黑黝黝满是瘤结的大树，茂密的树叶交织成一张苫布，足以挡住雨势。雨又下得哗啦啦的了，我那片不成形状的草地，虽然经过盖茨比家园丁的细致修剪，现在却到处都是泥泞的小水坑，变成了史前的沼泽地。从树下望去，除了盖茨比庞大的豪宅，也没有别的什么可看，于是我盯着它看了半个小时，就像康德盯着他的教堂尖塔。这座房子是十年前一位酿酒商在那个所谓“时期”热之初建造的，还有一个故事，说他曾经答应为邻近所有的乡村小屋支付五年的税款，只要房主们愿意在屋顶铺上麦秸。也许他们的拒绝使他“创建家业”的计划受到致命打击——他立刻就陷入衰亡，要一身先死了。丧事的花圈还挂在门上，他的子女就把房子卖掉了。美国人尽管愿意，甚至渴望去做奴隶，却总是固执地不肯当农民。

半小时后，太阳又出来了，只见杂货商的汽车顺着盖茨比家的车道，送来了他的仆人做晚饭用的原材料——我敢肯定他一口也吃不下。一个女佣开始打开楼上的窗户，每开一扇显露一下，然后她从正中的大海湾窗探出身子，若有所思地朝花园里啐了一口。该是回屋的时候了。刚才雨未停歇的时候，雨声听着就像他俩的窃窃私语，时不时随着情绪的激动而有些高昂。然而在这新的静寂中，我感觉房子里面也是一片静默了。

我走进了客厅——先是在厨房叮叮当当弄出一切可能的声响，只差把炉灶掀翻了——但我相信他们什么也没听见。他们分坐在长沙发两端，彼此看着对方，仿佛有人刚刚提出一个问题，都在考虑解决，而先前的尴尬早已消失得无影无踪。黛茜满脸泪痕，见我进来立刻跳了起来，连忙走到一面镜子前用手绢擦拭。但是盖茨比身上却发生了绝对让人困惑的变化。他简直是光芒四射了；不需要一句话、一个欣喜若狂的手势，一种新的幸福感从他身上自然而然地辐射出来，充满了那间小屋子。

“噢，你好，老伙计。”他说，仿佛多年没见过我了。我一度以为他要跟我握手呢。

“雨停了。”

“是吗？”当他意识到我在说什么，意识到屋子里进来了叮当闪烁的阳光时，他笑得像个气象预报员，像回归的光的狂热守护者，又把消息转报给黛茜。“你觉得怎么样？雨停了。”

“我很高兴，杰伊。”她的嗓音充满了痛楚、伤悲的美，吐露的却只是她意想不到的喜悦。

“我要你和黛茜一起到我家里来，”他说，“我想带她四处看看。”

“你真的要我也来吗？”

“绝对,老伙计。”

黛茜到楼上去洗洗脸——我想到我的毛巾,真是丢人,可惜已经太晚了——盖茨比和我在草坪上等候。

“我这房子看起来还不错,是不是?”他问道,“瞧瞧,它整个正面都向阳。”

我同意说房子真是壮观。

“是的。”他的目光把它从上到下打量了一番,扫过每一扇拱门、每一座方塔。“我只花了三年时间就挣到了买下它的钱。”

“我还以为你的钱是继承来的。”

“我是继承了,老伙计,”他不假思索地说,“可是在大恐慌期间亏掉了一大半——那次战争恐慌。”

我想他也不大知道自己在说些什么,因为当我问他从事什么行业时,他回答:“那是我的事。”话说出口才发觉这个回应很不得体。

“噢,我做过好几种买卖。”他改口道,“我做过药品生意,后来又做石油生意。不过这两行我现在都不干了。”他忽然更为专注地看着我。“你是说,你还在考虑那天晚上我提的那件事吧?”

我还没来得及回答,黛茜就从屋子里出来了,衣服上两排铜纽扣在阳光下闪闪发亮。

“是那边的大房子吗?”她指着大声喊道。

“你喜欢它吗?”

“太喜欢了,可我不明白你一个人怎么能住那么大地方。”

“我让它永远挤满有趣的人,不分昼夜。做有意思的事情的人。有名望的人。”

我们没有沿着海边抄近道过去，而是有意绕到大路上，从巨大的后门进去。黛茜望着蓝天映衬下这座封建城堡的剪影，用她那迷人的低语赞叹这个或那个特点；走过众多花园，她都是赞赏有加，赞赏长寿花冒着细密气泡的香味，山楂花和梅花泡沫丰富的香味，还有吻别花浅金色的香味。奇怪的是，我们走到大理石台阶前，竟然没有看见鲜衣华服从大门进进出出，也听不到一点声响，除了树林间的鸟鸣。

到了里面，我们漫步穿过玛丽·安托瓦内特[①]的音乐室和王政复辟[②]时期的客厅时，我感觉每张沙发和桌子后面都藏着客人，奉命屏住呼吸保持静默，直到我们走过。当盖茨比关上“默顿学院[③]图书室”的大门时，我可以发誓我听到了那个戴猫头鹰式眼镜的男人爆发出鬼魅般的笑声。

我们上楼，穿过几间古色古香的卧室——里面铺满玫瑰色和淡紫色的丝绸，摆放着艳丽夺目的鲜花——穿过更衣室、台球室和装有下沉式浴缸的浴室，闯入一个密闭小间，里面一个蓬头垢面的人穿着睡衣，正在地板上做肝脏运动[④]。他就是克利普斯普林格先生，外号“房客”的那位。早上我就见他饥肠辘辘地在海滩上徘徊。最后我们来到盖茨比本人的套间，那套间包括卧室、浴室和一间亚当[⑤]的书房。他请我们在书房里坐下，从壁橱里拿

---

① 玛丽·安托瓦内特（Marie Antoinette，1755—1793），法国国王路易十六的王后，在大革命中被送上断头台。以生活奢侈著名。

② 王政复辟（Restoration），17世纪中叶英国第一次资产阶级革命失败后，英王查理二世于1660年复辟。

③ 默顿学院（Merton College），牛津大学的一个学院，以藏书丰富闻名。

④ 醉酒后肝脏当然比较忙碌。

⑤ 亚当，指罗伯特·亚当（Robert Adam，1728—1792）和詹姆斯·亚当（James Adam，1732—1794）兄弟，苏格兰新古典主义建筑、室内和家具设计师。

出一瓶法国荨麻酒，大家都喝了一杯。

他始终目不转睛地看着黛茜，我想他是在把房子里的每一件物品，视其在她那双备受钟爱的眼睛里引起何种反应，逐一重新估价。有时，他也茫然地环顾自己的财物，仿佛她既已真实而震撼地现身，这一切就都已变得虚幻了。有一次他险些从楼梯上摔下去。

他的卧室是所有房间中最简单的——除了化妆台上点缀了一套纯暗金的梳妆用具。黛茜满心欢喜地拿起发刷，把头发梳理滑顺，于是盖茨比坐了下来，用手遮着眼睛，一边笑起来。

"这真是最滑稽的事了，老伙计。"他喜不自禁地说，"我没法——当我要——"

看得出来，他已经历了两种精神状态，现在正进入第三种。先是尴尬不已，继而大喜过望，现在又因为她的出现而惊异得不能自持了。这件事他长年朝思暮念，梦寐以求，咬紧牙关苦等到最后，可以说是热切到不可思议的程度。此刻，他反倒像一只发条上得太紧的时钟，忽然松弛下来了。

一会儿他回过神来，为我们打开了两个专利设计的特大衣橱，里面满满当当全是他的套装、晨袍和领带，他的衬衫一打一摞码放得像砖头一样。

"我有人在英国替我买衣服。每年一到春秋两季，他都会挑选一些东西寄过来。"

他取出一摞衬衫，开始一件一件扔在我们面前，轻薄的亚麻衬衫、厚实的丝绸衬衫、精细的法兰绒衬衫，它们落下的时候全都散开，五颜六色乱纷纷铺了一桌。我们正赞叹不迭，他又抱来更多，于是那个柔软贵重的衬衫堆越来越高——有带条纹、涡纹和方格的，有珊瑚红、苹果绿、浅紫色和淡橘色的，还有用印度蓝丝线绣着他的姓名字母的。突然，黛茜发出一声低沉的呜咽，一下子把头埋进衬衫里，号啕大哭起来。

“多美的衬衫。”她抽泣道，声音在厚厚的皱褶里有些闷哑，“我心里好难过，因为我从来没见过这么——这么美的衬衫。”

看过房子，我们本来还要去看看庭院和游泳池，还有水上飞机以及仲夏的繁花的——但是盖茨比的窗户外面又下起雨来了，我们只得并肩而立，望着海湾微微皱起的水面。

“要不是有雾，我们还可以看见海湾对面你的家。”盖茨比说，“你的码头尽处总有一盏绿灯，通宵点着。”

黛茜突然伸手挽住他的胳臂，但他似乎还沉浸在刚才的话语里。或许他已经想到，那盏灯的重大意义现在永远消失了。比起把他和黛茜分开的遥远距离，那盏灯似乎离她非常近，近得几乎要碰到她。就好像一颗星星距离月亮那样近。而此刻它又只是码头上的一盏绿灯了。他的魔法宝物已经少了一件。

我开始在屋子里四处走动，在半明半暗之中打量各式模糊不清的物件。挂在他书桌上方墙上的一幅大照片引起了我的注意，照片上是一个身穿帆船服的上了年纪的男人。

“这是谁？”

“那个吗？那是丹·科迪先生，老伙计。”

那名字听着好像有点耳熟。

“他已经死了。多年前他是我最好的朋友。”

橱柜上有一张盖茨比本人的小照片，也是穿着帆船服——盖茨比昂起头，一副叛逆的样子——看上去是十八岁左右照的。

“太喜欢了。”黛茜惊叫道，“瞧那蓬巴杜发型[①]！你从来没跟我说起你梳过蓬巴杜发型——也没说过你有帆船。”

“来看这个。”盖茨比连忙说，“这儿有好多剪报——都是关于你的。”

他们并肩站着细看那些剪报。我正要提议看看他的红宝石，这时电话铃响了，盖茨比拿起听筒。

“是的……呃，我现在不能说话……我现在不能说话，老伙计……我说的是一个小镇……他应该明白什么是小镇……好吧，如果底特律就是他心目中的小镇，那他对我们没什么用处……”

他挂掉了电话。

“到这儿来，快呀！”黛茜在窗口喊道。

雨还在下着，可是西边的黑云已经破开，远方海面上翻起一团团粉红和金色的云朵。

“你看那个。”她低语道。过了一会儿她又说：“我真想采下一朵粉红的云彩，把你放进去，推着你到处走。”

这时我告辞要走，可是他们说什么也不答应；也许有我在场，他们单独待在一起可以更称心自在。

“我知道要做点什么了，”盖茨比说，“我们叫克利普斯普林格弹钢琴。”

他走出屋子喊了一声“尤因！”，过了几分钟回来，带着一个窘迫不安、

---

① 一种前面头发向上梳起，两侧头发修剪的发型，以法国国王路易十五时期社交名媛蓬巴杜夫人命名。

略显憔悴的年轻人。这人戴一副玳瑁边眼镜，金黄的头发有些稀疏。他现在衣着得体了，穿着领口敞开的“运动衬衫”、运动鞋和色调模糊的帆布长裤。

“我们打扰你锻炼了吗？”黛茜礼貌地问。

“我在睡觉。”克利普斯普林格先生突然一阵困窘，脱口叫道，“我是说，我原本在睡觉。后来起床了……”

“克利普斯普林格会弹钢琴。”盖茨比说，截断了他的话头，“不是吗，尤因，老伙计？”

“我弹得不好。我不会——几乎根本不会弹。我好久没练——”

“我们到楼下去。”盖茨比插嘴道。他拨了一个开关。满屋子立刻大放光明，灰暗的窗户都不见了。

在音乐室里，盖茨比扭开钢琴旁边的一盏孤灯。他擦亮火柴，手颤抖着给黛茜点燃香烟，然后和她一道远远地坐在屋子对边的长沙发上，那里没有光，唯有地板从过道里反射进来一点微弱的光亮。

克利普斯普林格弹完《爱情安乐窝》[1]之后，在琴凳上转过身来，怏怏不乐地在幽暗中寻找盖茨比。

“我好久没练琴了，你看吧。我告诉你我不会弹。我好久没练——”

“别啰唆，老伙计。”盖茨比命令道，“弹吧！”

---

① “房客”弹奏的这两首爱情歌曲，《爱情安乐窝》（“The Love Nest”）和接下来的《我们过得多开心》（“Ain't We Got Fun?”），在1920年代初都非常流行。主旨都是有了爱情，贫穷又算得了什么，在这里却也滑稽地不适用于盖茨比和黛茜。

每天早上，

每天晚上，

我们过得多开心——

外面风声大作，海湾上空隐隐传来一阵滚雷之声。现在西蛋所有的灯都亮了起来；电气火车满载乘客，正在雨中从纽约疾驰归来。这是一个深刻的人事变迁发生的时刻，空气中正酝酿着激动的情绪。

有件事那是千真万确，

富人聚财，穷人生——崽。

与此同时，

在这期间——

我走过去告辞的时候，看到那种迷惘的神情又回到了盖茨比脸上，好像他对眼前幸福的质量有了一丝怀疑。将近五年了！甚至那天下午也一定有过一些时刻，黛茜及不上他的梦想——并非她本人有什么过错，而是因为他的幻想有着巨大的活力。他的幻想已经超越了她，超越了一切。他以一种创造性的热情投入其中，无时无刻不在添彩加色，用身边飘浮而过的每一根绚丽的羽毛加以缀饰。再多的热情似火或清新如春都无法挑战一个男人的心灵所能贮集的绮思。

我这样观察他，看得出来他悄悄做了一些自我调整。他握住她的手，当她低声在他耳边说了点什么时，他一听就感情冲动地转向她。我想最令他着迷的是黛茜的声音，充满了起伏跳跃、激动狂乱的温暖，乃是任何幻梦都无法超越的——那声音是一曲永恒的歌。

他们已经把我忘了，不过黛茜抬头瞥了一眼，伸出她的手；盖茨比此刻根本不认识我了。我又看了他们一眼，他们也回望我，眼神遥远，早已失陷于生命的火焰。于是我走出屋子，下了大理石台阶，进入雨中，留下他们两人在一起。

第六章

大约就是这段日子，一天早上，纽约一个野心勃勃的年轻记者来到盖茨比家的大门口，问他有没有什么话要说。

“什么话要说？关于什么呢？”盖茨比客气地问道。

“啊——任何要发表的声明。”

纠缠了五分钟之后才得知，原来这个人在办公室听人提到了盖茨比的名字，至于具体怎么回事却不肯透露，或者也不完全清楚。这天正好他休息，于是勤勉可嘉地赶快跑过来“看看”。

这不过是无的放矢，然而这个记者的直觉却是对的。数百人接受过他的款待，从而成为他过去经历的权威；由于这些人的宣扬，整个夏天，盖茨比的臭名声是越来越响，只差一点点就要成为新闻人物了。当时的各种传奇故事，像“通往加拿大的地下管道[①]”之类，都跟他挂上了钩；还有一个持久不衰的传闻，说他住的根本不是什么房子，而是一条看上去像房子的船，这条船沿着长岛海岸上下秘密地停泊。至于为什么北达科他州的杰姆

① 贩运私酒的途径；更可能说的是物理的输酒管道，当然在1920年代这是极不可能的，所以是“传奇”。

斯·盖兹能从别人编造的这类谣言中得到满足,倒是不容易回答。

杰姆斯·盖兹——这是他的真实姓名,至少法律上如此。他改名换姓是在十七岁时,也就是见证他一生事业开端的那个特定时刻——当时他看见丹·科迪先生的帆船在苏必利尔湖最险恶的泥滩投锚停泊。那天下午,身穿破旧绿色运动衫和帆布裤在沙滩闲逛的还是杰姆斯·盖兹,然而,借了一条小船划到图奥洛美号[1]那里,通知科迪半小时后可能遭遇大风而翻船的,就已经是杰伊·盖茨比了。

我猜想,即便当时,这个名字他也是早就想好了的。他的父母是得过且过、一生潦倒的农民——在他的幻想中,从来没有真正把他们认作自己的父母。实际上,长岛西蛋的杰伊·盖茨比是从他自己的柏拉图式理念中蹦出来的。他是神的儿子——这个短语,如果有什么意义的话,就是字面的意思——因而必须以他的天父的事为念,服务于一种阔大、庸俗而花哨的美。因此他恰好虚构了一个十七岁男孩很可能会虚构的那种杰伊·盖茨比,并且对于这个理念,他始终忠实不渝。

一年多来,他一直在苏必利尔湖南岸到处奔波,挖蛤蜊,捕鲑鱼,什么杂事都干,只求能谋得一食一宿。他晒得黝黑,身体越发结实,倒也挺自然地过着半拼命半懒散的舒心日子。他很早就见识过女人,而且因为她们都很宠爱他,他反倒瞧不起她们了:年轻的处女自然是愚昧无知,其他女人呢,为了一些事情又太歇斯底里——由于他一心只顾自己,这些事情在他看来都是理所当然的。

---

① 图奥洛美号(*Tuolomee*),杜撰的帆船名,衍生自加利福尼亚州图奥勒米县(Tuolumne),淘金热期间许多人在那里致富。

但是他的内心却一直处在激荡的骚乱之中。夜晚躺在床上，各种离奇怪诞、不切实际的幻想纷至沓来。闹钟在洗脸架上嘀嗒嘀嗒响着，潮湿的月光浸透了地板上他的凌乱的衣服，而此刻他的脑海里却展开一个艳丽得无法言说的宇宙。每夜他都给他的幻想添加一些花样，直到睡意悄然来袭，定格在一个鲜活生动的场景。那段时间此类想入非非让他的想象力得以发泄；它们令人满意地暗示着现实的非真实性，并且保证说世界的基石是牢牢建立在小精灵的翅膀上的。

几个月前，一种追求未来荣耀的本能指引他来到明尼苏达州南部那所小小的路德会圣奥拉夫学院。他在那里只待了两个星期，因为学院对于他的命运的擂鼓之声，甚至对于命运本身都极度麻木不仁，令他无比沮丧，同时他也不屑于为了维持生活而屈就勤杂工作。之后他又漂回到苏必利尔湖，那天他正想找点活儿干，恰好看见丹·科迪的帆船在湖边的浅滩抛锚。

科迪当时五十岁年纪，是内华达州采银、育空河畔淘金造就的一号人物，投身过一八七五年以来的每一波淘金热潮。他在蒙大拿州做铜矿交易挣下了好几百万的家财，到头来尽管身体仍然强健，耳根子却开始松软了；觉察到这一点，无数女人都在设法把他的钱财拐走。一个叫埃拉·凯的报社女记者针对他的弱点，扮演了德·曼特农夫人[①]的角色，又怂恿他驾着帆船去航海，种种不甚美妙的后续故事，成了一九〇二年浮夸乏味的报刊争相

① 德·曼特农夫人（Madame de Maintenon，1635—1719），法国国王路易十四的情妇，1683年与路易十四秘密成婚。1651年曾与大她25岁的诗人保罗·斯卡伦（Paul Scarron）结婚，斯卡伦9年后去世，她因而继承了他的财产。这里暗示女记者是淘金女郎，通过这种老少配婚姻觊觎科迪的财富。

报道的新闻。五年来，他沿着海岸线航行，一路受到人们的殷勤款待，就在这天驶入了“小女孩湾”，成为杰姆斯·盖兹的命运之神。

年轻的盖兹手扶船桨，仰望着装有护栏的甲板，在他眼里那艘帆船代表了世界上一切的美与诱惑。我猜想他对科迪笑了一笑——他大概已经发现他笑的时候很招人喜欢。不管怎样，科迪问了他几个问题（其中之一引出了那个全新的名字），发觉他反应敏捷而且雄心勃勃。过了几天，科迪把他带到杜鲁斯[1]，给他买了一件蓝色外套、六条白色帆布裤和一顶帆船运动帽。就这样，等图奥洛美号启程前往西印度群岛和巴巴里海岸[2]的时候，盖茨比也一起去了。

他受雇具体做什么工作，其实是很模糊的——在他追随科迪期间，先后做过乘务员、大副、船长、秘书，甚至还当过监视人，因为清醒的丹·科迪深知醉酒的丹·科迪立马会干出何等一掷千金的事来，为了防范此类意外事故，他对盖茨比是越发信赖。这样的安排延续了五年，在此期间帆船环绕美洲大陆航行了三次。这种状况本来可以无限期继续下去的，不料一天晚上在波士顿，埃拉·凯竟然跑到船上来了，一星期后丹·科迪便很不好客地死掉了。

我记得挂在盖茨比卧室里的那幅他的肖像，一个头发花白、面色红润的老头，表情冷峻而空洞——典型的行为放荡的拓荒者，他们在美国生活的某一发展阶段，把西部边疆妓院、酒馆里的粗野狂暴又带回了东部沿海地区。盖茨比极少喝酒，也是间接因为科迪。有时在欢闹的聚会上，女人常爱把香

---

① 杜鲁斯（Duluth），苏必利尔湖西岸港口城市，属于明尼苏达州。

② 巴巴里海岸（Barbary Coast），北非海岸地区。

槟揉进他的头发，但他自己却养成习惯，不沾杯中之物。

而且正是从科迪那里，他继承了财产——一笔两万五千美元的遗赠。他没有拿到钱。他始终没弄明白用来对付他的那些法律手段到底是怎么回事，总之数百万财产剩下多少全都归了埃拉·凯。留给他的只是特别适合他个人的教育；杰伊·盖茨比模糊的轮廓已逐渐充实，成为一个有血有肉的人了。

所有这些都是他很久以后才告诉我的，但是我在这里写下来，就是为了驳斥早先那些关于他身世的荒唐谣言，那些谣言没有半点真实性可言。还有，他正是在我非常困惑的时候对我讲述这些的，当时对于他的种种传闻我已经到了什么都相信也什么都不信的地步。所以我现在利用这个短暂的停顿，也可以说是趁着盖茨比喘口气的机会，把这些误解澄清一下。

就我参与他的事务而言，这也是一个停顿。一连几个星期，我既没有见到他，也没有在电话里听到他的声音——我多数时间都在纽约，跟着乔丹到处跑，同时极力讨好她那年老昏聩的姑妈——然而，终于在一个星期日下午，我到他家去了。我刚到还没两分钟，就有人带着汤姆·布坎南进来喝一杯。我自然是大吃一惊，但这种事以前居然没发生过，倒是真正令人惊奇的。

他们一行三人，骑马而来——汤姆和一个叫斯隆的男人，还有一个穿棕色骑装的漂亮女人，以前也来过的。

“我很高兴见到你们。”盖茨比站在门廊上说，“非常高兴你们能来坐坐。”

好像他们在乎似的！

“请坐，请坐。抽支香烟或者雪茄。”他在客厅里团团乱转，忙不迭地按铃。“我叫人马上送点喝的来。”

汤姆的到来令他极为惊惶。不过他本来就会感到不安的，总要等招待了他们一点什么之后才能安心，而这时他已经隐约意识到他们就是为这个来的。斯隆先生什么都不要。来杯柠檬水？不用了，谢谢。来点香槟吧？什么都不要，多谢……很抱歉——

“你们骑马还开心吧？”

“这一带的路很好。”

“我以为路上汽车——”

“是的。”

一股无法遏制的冲动驱使盖茨比转向了汤姆，刚才介绍的时候汤姆还只当他们是初次见面。

“我相信我们以前在哪里见过，布坎南先生。”

“噢，是的。”汤姆说，态度生硬地客气，但显然他并不记得，“那么我们见过。我记得很清楚。”

“大概两个星期以前。”

“对的。当时你跟尼克在一起。”

“我认识你妻子。”盖茨比接着说，几乎是挑衅的架势了。

“是吗？”

汤姆转向我。

“你住在这附近吗，尼克？”

“就在隔壁。”

“是吗?”

斯隆先生没有参与谈话,只是轻慢地仰靠在椅子上;那个女人也没说什么——两杯海波下肚之后,她忽然意外地热情起来。

“我们都来参加你的下一次聚会,盖茨比先生。”她提议说,“你看好不好?”

“当然;你们能来,我太高兴了。”

“那很好。”斯隆先生咕噜道,毫无感谢的意思,“呃——我看该回家了。”

“请不要急着走。”盖茨比力劝他们。他现在已经镇定下来,便想多了解汤姆一点。“你们何不——何不留下来吃晚饭呢?说不定纽约还有一些别的人会来。”

“你来我家吃晚饭吧。”那位女士热烈地说,“你们两个都来。”

这也包括了我。斯隆先生站起身来。

“走吧。”他说——不过只是对她一个人。

“我是认真的。”她坚持道,“非常欢迎你们来。地方有的是。”

盖茨比探询地看着我。他想去,却没看出斯隆先生并不打算让他去。

“我恐怕去不了。”我说。

“那么,你来吧。”她盯着盖茨比一再鼓动。

斯隆先生凑近她耳朵低声说了点什么。

“如果现在就走,我们一点也不会晚。”她执拗地大声道。

“我没有马。”盖茨比说,“以前在军队里常骑,但自己从来没买过马。我只好开车跟着你们了。对不起,请稍等我一下。”

其余几个人都走到外面门廊前，斯隆和那位女士站在一边，话里带气地交谈起来。

“我的天，我看那家伙真的要来了。”汤姆说，“难道他不知道她并不要他来吗？”

“她说了就是要他来的。”

“她今晚要大开宴席，那儿他没一个认识的人。”他皱起眉头。“我纳闷他到底是在哪里认识黛茜的。上帝做证，大概我的想法太老套了，但是这年头女人到处乱跑，太过头了我看不惯。阿猫阿狗都给她们碰上了。”

忽然间斯隆先生和那位女士走下台阶，随即上了马。

“走吧，”斯隆先生对汤姆说，“我们已经晚了。我们一定得走了。”然后对我说：“麻烦你告诉他我们不能等了，可以吗？”

汤姆跟我握握手，其余几个人只是冷淡地相互点了点头，于是他们骑马沿着车道一溜小跑，很快就消失在八月的树荫里，而这时盖茨比手里拿着帽子和薄大衣，正从大门走出来。

汤姆显然不放心黛茜一个人出去游荡，因为随后的星期六晚上他就陪着她一起来参加盖茨比的聚会了。也许是因为他在场，那晚的气氛显得古怪地压抑——相比于那个夏天盖茨比的其他聚会，这一次在我记忆里格外突出。来的还是那些人，或者至少是同一类的人，同样源源不绝的香槟，同样五色斑斓、七嘴八舌的喧闹，但是我感觉到空气中浮动着一种不愉快，一种无处不在的不和谐，是以前从来没有过的。或许我只是逐渐习惯了它，逐渐接受了西蛋本身就是一个完整的世界，有自己的行为规范和自己的重要人物，不输于任何其他地方，只因它绝不刻意而为，而此刻我又在重新审视它了，通过黛茜的眼睛。以新的眼光重新看待你费了很大力气才适应的事物，永远是令人悲哀的。

他们在黄昏时分到达，随后，当我们漫步走进几百位光彩熠熠的客人中间时，黛茜的声音在喉咙里玩着呢喃的花样。

“这些都太叫我兴奋了。”她低语道，“尼克，你今晚任何时候想要吻我，让我知道就好，我会很高兴为你安排的。只消提我的名字。或者出示一张绿色卡片。我正在散发绿色——”

“四处看看吧。”盖茨比提议道。

“我正在四处看呢。我真是开心极——”

“你一定看到了很多人的面孔，是你听说过的。”

汤姆傲慢的眼光缓缓扫过人群。

“我们平时不大出来走动。”他说，“老实说，我刚才还在想这里我一个人都不认识。”

“也许你认得那位小姐。”盖茨比指的是一位美丽绝伦、须用兰花才能恰当形容的女子，她端庄地坐在一棵白梅树下。汤姆和黛茜凝望着，认出这位一向如幽灵般存在的电影明星，不禁生出一种特别的非真实感。

“她真美啊。”黛茜说。

“弯腰跟她说话的那人是她的导演。”

盖茨比领着他们郑重其事地向一群又一群的客人介绍：

“布坎南夫人……和布坎南先生——”他稍一踌躇又补充道：“马球名将。”

“噢，不，”汤姆连忙否认，“我可不是。”

但是显然“马球名将”这几个字的发音[1]很得盖茨比喜欢，因为接下来整个晚上汤姆一直就是“马球名将”了。

“我从来没见过这么多名人。”黛茜兴奋地叫道，“我喜欢那个人——他叫什么名字来着？——就是鼻子有点发青的那位。”

盖茨比报了他的姓名，又补充说他是一个小制片人。

“好吧，我就是喜欢他。”

“我倒宁愿不做马球名将，”汤姆愉快地说，“我宁愿嗯——默默无闻地看看所有这些有名的人物。”

黛茜和盖茨比跳了一阵舞。我记得他跳着优雅的老式狐步舞，看得我很是惊讶——我以前从未见过他跳舞。后来他们闲逛到我家去了，在门前台阶上坐了半个小时，同时应她的要求，我留在花园里替他们望风。“万一失火，或者发大水呢，”她解释道，“或者出别的什么天灾。”

我们正要坐下来一起吃晚饭，汤姆从他的默默无闻中现身了。“介意我去跟那边几个人吃饭吗？”他说，“有个家伙正在讲笑话。”

“去吧，”黛茜和颜悦色地回答，“如果你想记下谁的住址，这儿有我的小金铅笔。”……过了一阵她四下张望了一番，对我说那个女孩“俗气可是漂亮”，于是我明白，除了跟盖茨比单独在一起的半个小时，其实她玩得并不开心。

我们这一桌都喝得特别醉。那算是我的过错——盖茨比被叫去听电话

① “马球名将”（the polo player）有爆破音头韵，读起来铿锵悦耳。作者很喜欢玩头韵，比如本书的收尾名句：So we beat on, boats against the current, borne back ceaselessly into the past。甚至本书的书名，*The Great Gatsby*，也是一例。

了，而不过两星期前我还跟同样这帮人甚是相得。但是那时新鲜有趣的谈资现在却变得陈腐无聊了。

“你感觉怎么样，贝德克尔小姐？”

我与之说话的这个女孩正想倒在我肩上，只是还没成功。听到问话，她坐起身来，睁开了眼睛。

“什么？”

一个肥硕笨重、懒洋洋的女人，一直在鼓动黛茜明天到本地俱乐部跟她一起打高尔夫球的，现在来为贝德克尔小姐辩解了：

“噢，她现在没事了。她每次喝下五六杯鸡尾酒，总要这样大声嚷嚷。我老劝她不要喝了。”

“我确实没喝。”被指控者无力地申辩道。

“我们听见你叫喊，所以我对这位西维特医生说：‘有人需要您看看，医生。’”

“她真是感激不尽，我敢肯定，”另一位朋友说，毫无感激之意，“可是你把她的头摁进游泳池的时候，把她的衣服全弄湿了。”

“我最恨把我的头摁进游泳池。”贝德克尔小姐咕哝道，“有一回在新泽西那边，他们差点淹死我。”

“那你是应该戒酒了。”西维特医生把她堵了回去。

“也不瞧瞧你自己！”贝德克尔小姐狂暴地大叫，“你的手哆哆嗦嗦的。我才不会让你给我开刀呢！”

那晚就像这样。我记得的差不多最后一件事，是我和黛茜站在一起观看那位电影导演和他的“大明星”。他们仍然在那棵白梅树下，两人的脸眼看就要贴上了，只隔着一线淡淡的月光。我忽然想到他整个晚上一直在非常缓慢地朝她弯腰，终于得以和她如此接近，而我正瞅着瞅着，只见他俯下最后一点距离，吻上了她的面颊。

“我喜欢她，”黛茜说，“我觉得她好美。”

但是此外的一切都令她反感——这是无可置辩的，因为这不是一种姿态，而是一种情绪。她惊骇于西蛋，这个由百老汇在一个长岛渔村衍生出来的前所未有的“胜地”——惊骇于它厌烦陈旧的委婉辞令而激发的野蛮活力，惊骇于驱赶它的居民沿着从乌有到乌有[①]的捷径奔忙的太过突兀的命运。她正是在这种没能理解的简单中看到了可怕的东西。

他们等车的时候，我陪着他们坐在门前的台阶上。前方一片暗黑；只有明亮的大门将十平方英尺的光投进柔软、幽暗的黎明。有时楼上更衣室的百叶窗上一个人影掠过，随后又是一个人影，络绎不绝的人影，她们对着一面看不见的镜子涂脂抹粉。

“这个盖茨比究竟是谁？”汤姆突然追问道，“一个大私酒贩子？”

“你从哪儿听来的？”我问他。

“不是听来的。我推测的。很多这样的暴发户就是大私酒贩子，你知道的。”

“盖茨比不是。”我抢了一句。

他沉默了一会儿。车道的鹅卵石被他踩得嘎吱作响。

“好吧，他一定是费尽了心思才把这群牛鬼蛇神拼凑到一起。”

一阵微风吹动了黛茜皮草衣领轻雾般的灰色绒毛。

---

① 艾略特《荒原》：我能够把/乌有和乌有联结在一起（I can connect/Nothing with nothing）。

“至少他们比我们认识的人有意思。”她有些勉强地说。

“你看起来并不是很感兴趣。”

“是吗，我很感兴趣。”

汤姆哈哈一笑，把脸转向我。

“那个女孩要求黛茜给她冲个冷水浴的时候，你有没有注意到黛茜的表情？”

黛茜跟着音乐以沙哑而有节奏的低语唱了起来，每个字都唱出一种以前从未有过、今后也不会再有的意义。曲调转高的时候，她的声音甜美地与之分离，就像女低音那样跟随着，每一次转换都在空气中散出一点她温暖的人性魔力。

“这里很多人都是不请自来的。”她忽然说，“那个女孩就没被邀请。他们干脆闯进门来，他又太客气，不好意思谢绝。”

“我很想知道他到底是谁，到底是干什么的。”汤姆坚持道，“我想我一定要查个明白。”

“我马上就可以告诉你。”她回答道，“他开了一些药店，很多家药店。都是他一手创办的。”

那辆拖拖沓沓的豪华轿车沿着车道开了上来。

“晚安，尼克。”黛茜说。

她的目光离开我，去找寻灯光照亮的台阶顶部，在那儿，《凌晨三点》①，一支那年流行的雅致而伤感的小华尔兹舞曲，正从敞开的大门飘出来。不

① 《凌晨三点》(“Three O’Clock in the Morning”)，1921年的流行歌曲。其中有句子：“那旋律好迷人，似乎只为我俩流淌，我只能继续与亲爱的你一起跳舞，直到永远。”

管怎么说，正是盖茨比的聚会上那种轻松随意的气氛，才蕴含了种种浪漫的可能性，是她的世界里完全没有的。高处那支歌曲里，是什么仿佛在召唤她回到里面去呢？眼下在这幽暗、不可预料的时刻又会发生什么呢？也许一位意想不到的客人会忽然来临，一位世间罕有、人皆惊叹的佳人，一位真正光艳照人的少女，她只要对盖茨比看上一眼，只要一刹那魔术般的相逢，就能把那五年坚贞不移的爱慕瞬间抹去。

那夜我待到很晚。盖茨比请求我等到他忙完，于是我在花园里徘徊，直等到每次必不可少的游泳聚会结束，最后一群游泳的客人冷飕飕却兴高采烈地从黑黢黢的海滩跑上来，直等到楼上每间客房的灯都熄灭。等他终于走下台阶时，脸上晒得黝黑的皮肤不寻常地紧绷着，眼睛明亮而有倦意。

“她不喜欢这个聚会。”他劈头就说。

“她当然喜欢。”

“她不喜欢。”他固执地说，“她玩得不开心。”

他沉默不语，我猜想他有一种无法言说的压抑。

“我感觉离她很遥远。”他说，“很难使她理解。”

“你是说跳舞的事？”

“跳舞？”他打了个响指，一把挥去他所有跳过的舞。“老伙计，那个舞不重要。”

他对黛茜只有一个要求，就是要她去跟汤姆说：“我从来没爱过你。”等她用那句话把四年的婚姻一笔勾销之后，他们便可以决定下一步采取哪些更实际的措施。其中之一就是，等她恢复了自由，他们准备回到路易斯维尔，在她家里举行婚礼——就好像是在五年以前。

“可是她不理解。”他说，“她以前是能够理解的。我们一坐几个小时——”

他忽然打住，开始沿着一条孤凄的小道来回走动，小道上满是水果皮、丢弃的小赠品和踩碎的残花。

“我看不要对她要求过多。”我大胆相劝，“你无法重复过去。”

“无法重复过去？”他不以为然地叫起来，“嚯，当然可以！”

他发狂般地环顾四周，仿佛过去就隐藏在他的房子的阴影里，几乎一伸手就能够着。

“我要把一切打整得像从前一样。”他说着，决然地点点头，“她会看到的。”

他谈了许多过去的事情，我推测他是想要找回一些东西，也许是某种自我观念，它已经融进对黛茜的爱恋之中而失去了。从那时以来，他的生活一直是稀里糊涂而又杂乱无章的，但是假如他能一朝回到某个起始位置，慢慢地重新经历一遍，也许他就能找出那究竟是什么……

……五年前的一个秋夜，他们沿着街道漫步，身旁落叶飘飞；他们来到一处没有树的地方，人行道洒满雪白的月光。他们停了下来，转身四目相对。夜晚已颇有凉意，空气中弥漫着一年两度季节之交特有的那种神秘的兴奋。路旁住宅宁静的灯光在黑暗中低低吟唱，而天上的繁星却是嘈杂而喧嚣。盖茨比用眼角的余光，看到一段段的人行道真的铺成了一架梯子，一直通往树杪之上一个秘密的所在——他可以攀爬上去，如果他独自攀爬的话；一旦到了那里，他便可以吮吸生命的奶头，吞咽那无与伦比的奇迹的乳汁。

当黛茜洁白的脸贴近他时,他的心跳越发加快。他知道,当他吻上这个女孩,把他无法言说的幻象和她易逝的呼吸永远结合在一起,他的心就再也无法像上帝的心那样自由驰骋了。于是他等待着,再倾听一会儿那已经在一颗星星上敲响的音叉。然后,他吻了她。他的嘴唇轻轻一碰,她就像一朵鲜花为他绽放,而这个理想的化身就此完成了。

他所说的一切,甚至他令人惊惧的感伤,都令我回想起一点什么来——一段飘忽的旋律,几句零落的歌词,好像很久以前在哪里听过的。一时间,有一句话在嘴里努力成形,而我的嘴唇却徒然张开如同哑巴,仿佛除了一缕受惊的气息,还有别的什么在挣扎着要出来。然而终于没有发出任何声音,于是我几乎想起来的东西便永远无从表达了。

第七章

正当人们对盖茨比的好奇心达到顶点的时候，一个星期六的晚上，他的豪宅里的灯火却没能亮起来——他效法特里马尔奇奥[①]的事业就这样莫名其妙地终结了，正如当初莫名其妙地开始。我起先还没留意，渐渐才察觉那些汽车满怀期待地开进他的车道，不过片刻就闷闷不乐地开走了。我在想他是不是生病了，于是走过去看看——一个面相凶恶的陌生管家从大门里狐疑地斜睨着我。

"盖茨比先生病了吗？"

"没有。"停了一会儿，他才慢吞吞地勉强加了个"先生"。

"我有日子没看见他了，挺担心的。告诉他卡拉维先生来过。"

"谁？"他粗鲁地问。

"卡拉维。"

---

① 特里马尔奇奥（Trimalchio），罗马帝国诗人、小说家佩特罗尼乌斯（Petronius，27—66）的讽刺小说《萨蒂利孔》（*Satyricon*）中的人物。特里马尔奇奥是获释奴隶，通过继承主人遗产、倒卖货物和奴隶以及放高利贷等手段成为巨富，每天晚上宴请宾客，极尽奢靡之能事。其人出身低下，却爱夸夸其谈，卖弄学问，一副荒唐无知的暴发户嘴脸。本书原名就是《特里马尔奇奥》或《西蛋的特里马尔奇奥》，然而盖茨比跟他只是表面上相似而已。

“卡拉维。好了，我告诉他。”

他突然砰的一声关上了大门。

我的芬兰女佣告诉我，盖茨比早在一个星期前就辞退了家里每一个仆人，换上了另外五六个人，这些人从来不贪图店家贿赂而去西蛋村采购，而是通过电话订购适量的生活用品。据杂货店的伙计报告，他家厨房看起来像个猪圈，而村里人普遍认为这些新人压根儿就不是什么仆人。

第二天盖茨比打电话过来。

“准备走了？”我问。

“没有，老伙计。”

“我听说你把用人全都炒掉了。”

“我需要的是不讲闲话的人。黛茜来得比较勤——都在下午。”

原来如此，因为她看不顺眼，这座商旅大客栈就像纸牌屋一样轰然倒塌了。

“沃尔夫山姆想帮他们一点忙，就介绍过来了。他们是一家兄弟姐妹。以前开过小旅馆。”

“明白了。”

是黛茜请他打电话来的——问我明天可不可以到她家吃午饭。贝克小姐将会到场。半小时后黛茜亲自打电话过来，听我说一定会去，似乎放了心。一定出了什么事。然而我未曾想到他们竟然选在这样一个场合摊牌——尤其是相当难堪地摊牌，那是盖茨比早先在花园里就勾勒过的。

第二天酷热难耐，几乎是夏季的最后一天，却无疑是最热的一天。当我乘坐的火车从隧道里钻出来重见阳光时，只有全国饼干公司滚烫的汽笛打破了中午闷煮的沉寂。车厢里的藤草座位徘徊在着火的边缘；我旁边的女士先是斯文地出了一阵汗，把衬衫打湿了，随后见她的报纸也在手指下湿掉一片，她凄苦地叫了一声，万般绝望地陷入深沉的酷热之中。她的钱夹啪的一声掉到了地上。

“噢，天哪！”她喘气道。

我疲倦地弯腰把它捡起来递还给她，手远远地伸出去，只捏着钱夹的一个角尖，表示我并无染指的意图——可是附近的每一个人，包括那女人，还是照样怀疑我。

“热！”查票员对面熟的乘客说，“真是鬼天气！热！……热！……热！……你觉得天气够热吗？天气热吗？天气……”

我的月票还回来时，上面留着他的深色指印。在这样的酷热中，谁还有心思关心他亲吻的是谁的红唇，是谁的脑袋偎湿了他胸前的睡衣口袋！

……盖茨比和我在布坎南家大门口等候的时候，一阵微风穿堂而过，把电话铃声带了出来。

“主人的身体[①]！”管家对着话筒吼叫道，“对不起，夫人，可是我们不能提供——今天中午他太烫热了，根本碰不得！”

---

① 原文“The master's body!”，意思比较模糊。这是译者的理解：威尔逊打电话追问卖车的事，因为接听者不是汤姆，便问对方是谁：“Who's speaking?”管家因为天热心情不好，遂吼叫道：“主人的仆人！”这里body是body servant（居家仆人）的缩语。尼克曲解为身体，是因为上下文弥漫着性的意味：尼克有同性恋倾向（见第二章结尾），汤姆强健的雄性体魄（见第一章）对尼克有吸引力；汤姆的情妇喜欢直接打电话来（第一章），尼克也见证过二人苟且（第二章），所以听到电话就联想到茉特尔和肉体的事；而刚刚在火车上看到检票员留在月票上的指印，尼克还生出过暧昧的绮想。于是很自然地，尼克综合了汤姆的体格、茉特尔和酷热天气等要素，幻想出管家的下半段话来，非常超现实。

实际上他讲的是:“是……是……我去看看。”

他放下听筒,头上冒汗地朝我们走来,接过我们的硬壳草帽。

“夫人在客厅里等你们!”他喊道,毫无必要地指着方向。在这种酷热里,每一个多余的手势都是在侵蚀共享的生命储备。

这间屋子外面有遮阳篷挡着,倒是很阴凉。黛茜和乔丹躺在一张巨大的沙发床上,好像两尊银色的偶像,压住自己的白色衣裙,抵御着电扇吹出的吟唱着的轻风。

“我们动不了。”她们同声说。

乔丹晒黑的手指搽上了一层白白的粉,在我的手掌里停留了一会儿。

“我们的运动健将托马斯·布坎南先生呢?”我问。

就在这时我听见了他的声音,生硬、低沉、沙哑,他正在前厅跟人讲电话。

盖茨比站在绛红色的地毯中央,着迷的眼光向四周张望着。黛茜看着他笑了,笑得甜蜜而动人;一股细微的香粉从她的胸口升入空中。

“有谣言说,”乔丹低语道,“电话那头是汤姆的情人。”

我们都默不作声。前厅里的声音提高了调门,很是恼火:“很好,那么,这辆车我干脆不卖给你了……我根本不欠你什么情……至于你在午饭时候拿这事来烦我,我绝对不能忍受!”

“挂断了还装腔。”黛茜讥讽道。

“不,他没有。”我向她保证道,“这笔交易确有其事。我碰巧知道这件事。”

汤姆猛然推开门,粗壮的身躯一时堵住了门口,随后匆匆进了屋子。

“盖茨比先生!”他张开宽大的手掌伸过来,很好地掩藏住了一肚子的厌恶，“很高兴见到你，先生……尼克……”

“给我们来杯冷饮吧。”黛茜大声说道。

等他又离开屋子之后，她站起身走到盖茨比面前，把他的脸拉近，嘴对嘴亲吻他。

“你知道我爱你。”她悄声说。

“你忘了还有一位女士在场。”乔丹说。

黛茜疑惑地看看四周。

“你也跟尼克接吻啊。”

“多么低级、粗俗的女子！”

“我不在乎！”黛茜大声说着，站上砖砌的壁炉台跳起木屐舞来。她随即想起了酷热的天气，于是不好意思地在沙发上坐了下来，恰好一个穿得干干净净的保姆搀着一个小女孩走进了屋子。

“心——肝宝——贝。”她柔声说着，同时伸出双臂，“到爱你的妈妈这儿来。”

保姆松开手，孩子就从屋子那边跑过来，害羞地一头扎进母亲的衣裙里。

“我的心肝宝贝啊！妈妈把粉弄到你的小金发上了吗？来，站起来，说——您好。”

盖茨比和我先后弯下腰，握一握她不情不愿的小手。之后他一直惊奇地盯着孩子看。我想他从来没有真正相信过这个孩子存在。

“我午餐前就穿好衣服了。”孩子说，急切地仰脸望着黛茜。

“那是因为妈妈想要炫耀一下你。”她低头把脸埋进孩子细小雪白的颈子上唯一的褶皱里。“你啊，你是我的梦想。你这个独一无二的梦中小宝贝。”

“是的。”孩子平静地接受道，“乔丹阿姨也穿了白裙子。”

“你觉得妈妈的朋友怎么样？”黛茜把她转过来，面对着盖茨比。“你觉得他们漂亮吗？”

“爸爸在哪儿？”

“她长得不像她父亲。”黛茜解释说，“她像我。她的头发和脸型都像我。”

黛茜往后一坐，靠在沙发上。保姆上前一步，伸出了手。

“来吧，帕米。”

“再见，宝贝！”

不情愿地回头看了一眼，这个管教良好的孩子牵着保姆的手，给拉到门外去了。这时汤姆正好回来，后面紧随的用人端着四杯杜松子利克酒，酒里满是冰块，咔嚓作响。

盖茨比端过一杯酒。

“看着绝对凉爽。”他说，明显有点紧张。

我们大口大口贪婪地喝着。

“我在哪里读到过，太阳一年年变得越来越热。”汤姆和气地说，“看起来用不了多久地球就会掉进太阳里去——不对，等一下——恰好搞反了——太阳一年年变得越来越冷。”

“到外面来吧，”他向盖茨比提议道，“我想请你看看这个地方。”

我跟他们一起来到外面的游廊上。绿色的长岛海湾在酷热中停滞不动，海面上一条小帆船正向着更清新的海域缓慢爬行。盖茨比的目光追随它片刻；他举起手，指着海湾对面。

“我就住在你对面。”

“确实如此。”

我们的目光掠过玫瑰花圃、晒得滚烫的草坪和海岸边在这大暑天疯长的乱草堆。那条小船的白翼正慢慢移向蔚蓝清凉的天际线。前面就是碧波起伏的大海和星罗棋布的福岛。

“多么好的运动。”汤姆赞许道，“我真想去那里跟他玩上个把钟头。”

午饭是在餐厅里吃的，里面也遮得很阴凉，大家强作欢笑，把凉啤酒一杯杯喝下肚去。

“我们今天下午要做些什么[①]？”黛茜大声说，“还有明天，还有今后三十年呢？”

“别这么病态。”乔丹说，“等秋天凉爽起来，生活就又重新开始了。”

“可是现在太热了，”黛茜固执地说，差点要哭出来，“一切又都这么糟心。我们都进城去吧！”

她的声音继续在热浪中奋争，向它冲击着，要把它的无意义塑造成形。

“我只听说有人把马房改作车库，”汤姆在对盖茨比说，“但是把车库改作马房，我是前所未有第一人。”

“谁愿意进城去？”黛茜执拗地追问。盖茨比的目光向她漂移过去。“啊，”她大声说道，“你看上去真帅。”

---

① 艾略特《荒原》：“我现在该做些什么？我该做些什么？/我就照现在这样跑出去，走在街上/披散着头发，就这样。我们明天该做些什么？/我们究竟该做些什么？”

他们的目光相遇，直勾勾地对望着，忘掉了周围的一切。她好不容易才把视线收回到餐桌上。

“你看上去总是那么帅。”她重复道。

她已经告诉他她爱他，汤姆·布坎南也看到了。他大为震惊。他的嘴微微张开，看看盖茨比，又回头看看黛茜，好像刚刚认出她是一个很早以前就认识的人。

“你很像广告里那个人。”她毫无察觉地继续说，“你知道广告里那个人——”

“好吧，”汤姆迅速打断她，“我非常乐意进城去。走吧——大家都进城去。”

他站了起来，目光仍然在盖茨比和他妻子之间闪烁。谁都没动。

“快点吧！”他有点冒火了。“到底怎么回事？如果要进城，那就走吧。”

他竭力自我控制，手颤抖着把杯中最后一点啤酒举到唇边。黛茜的声音促使我们站起来，走到外面滚烫的石子车道上。

“我们就这样走吗？”她反对道，“就像这样？让不让人先抽根烟再说？”

“吃饭的时候大家一直在抽烟。”

“唉，我们开心点吧。”她央求他，“天这么热，别闹了。”

他没有回答。

“随你的便吧。”她说，“来吧，乔丹。”

她们上楼去准备，留下我们三个男的站在那儿用脚倒腾着烫热的小石子。一弯银月已经挂在了西边天际。盖茨比刚要开口，又改变了主意，却为时已晚，汤姆突然转过身来，期待地面对着他。

“你的马房是在这里吗?”盖茨比问道,费了好一番劲。

“这条路下去约四分之一英里。”

“哦。”

一阵停顿。

“我真不明白进城干什么。”汤姆突然野蛮地发作了,“女人总是心血来潮——”

“我们要带点什么喝的吗?”黛茜从楼上窗口喊道。

“我去拿点威士忌。”汤姆答道。他走进屋子里。

盖茨比僵硬地转向我说:

“在他家里我不能说什么,老伙计。”

“她的声音有些轻率。”我评论道,“它充满了——”我犹豫着。

“她的声音充满了金钱。”他忽然说。

这就是了。我以前从来没有悟到。它充满了金钱——那正是她声音里抑扬起伏的无穷魅力之所在,是其中叮当之韵、铙钹之歌的源泉……在一座高高的白色宫殿里,国王的女儿,黄金女郎……

汤姆从屋子里出来,一边用毛巾包着一瓶一夸脱的酒,后面跟着黛茜和乔丹,她们都戴着金属纤维布做的小而紧的帽子,手臂上挽着薄纱披肩。

“大家都坐我的车吧?”盖茨比提议。他摸了摸滚烫的绿色真皮坐垫。“我该把它停在树荫下的。”

“这车是手排挡吗?”汤姆问。

“是的。”

“那么,你开我的小跑车,让我来开你的车进城。”

这个建议让盖茨比不大舒服。

“我想汽油不多了。”他推托道。

“汽油多得很。”汤姆嚷嚷道。他看了看油表。“要是开到没油了，我可以找家药房停下来。这年头药房里什么都买得到。”

这句显然很无聊的话说完，大家都不作声。黛茜皱着眉头瞧瞧汤姆，这时盖茨比脸上掠过一种无法言状的表情，无疑十分陌生却又依稀在哪里见过，就好像我只是听人用言语描述过似的。

“来吧，黛茜。”汤姆说着，一边用手推着她朝盖茨比的汽车走去，“我带你坐坐这辆马戏团花车。”

他打开车门，但她从他的臂弯里逃了出去。

“你带上尼克和乔丹。我们开小跑车跟在后面。”

她走到盖茨比身边，用手碰了碰他的外衣。乔丹、汤姆和我坐进盖茨比车子的前排座位，汤姆尝试着推动还不熟悉的排挡，随即我们倏地冲进了沉闷的热浪中，把他们甩得看不见了。

“你们看到没有？”汤姆质问道。

“看到什么？”

他敏锐地看着我，意识到乔丹和我一定从一开始就知道了。

“你们以为我很愚钝，是不是？”他提示道，“也许我就是，但是有的时候，我有一种——差不多是一种先见之明，它告诉我该怎么办。也许你们不相信这个，但是科学——”

他顿了一下。眼下的当务之急追赶上来，把他从理论深渊的边缘拉了回来。

“我对这个家伙做过一番小小的调查。”他继续道，“我大可查得更深入一些，早知道——”

“你是说你去找过灵媒？”乔丹幽默地问。

“什么？”见我们笑了，他困惑地瞪着我们。“灵媒？”

“问盖茨比的事。”

“问盖茨比的事！不，我没有。我是说我对他的背景做过一番小小的调查。”

“结果发现他是牛津大学毕业生。”乔丹帮忙地说。

“牛津大学毕业生！”他完全不相信。“他要是才怪呢！他穿一套粉红色衣服。”

“不过他还是牛津毕业生。”

“新墨西哥州的牛津吧，”汤姆鼻子一哼，轻蔑地说，“或者类似的地方。”

“听着，汤姆。你既然这么势利眼，何必请他吃午饭呢？”乔丹气恼地质问道。

“是黛茜请他的；我们结婚前，她就认识他了——天晓得在哪里碰上的！”

啤酒的酒劲慢慢消退，我们现在都很烦躁；意识到这一点，我们都不说话，默默地开了一会儿。随后当T. J. 埃克尔堡医生黯淡的眼睛在大路前方赫然出现时，我记起了盖茨比关于汽油的警告。

“足够开到城里。”汤姆说。

“可是这儿就有一家车行。”乔丹异议道，“这种火炉天，我可不想车子熄火。”

汤姆不耐烦地把两个刹车都踩下拉上，我们滑行一小段，顿然停在了威尔逊的招牌下面，扬起一阵尘土。过了一会儿，老板从他的产业里面现身出来，两眼空洞无神地盯着我们的汽车。

"快给我们加点油！"汤姆粗声粗气地叫道，"你以为我们停下来干什么——看风景吗？"

"我病了。"威尔逊说，没有动，"病了一整天。"

"怎么回事？"

"身体全垮了。"

"那么，要我自己来吗？"汤姆反问，"你在电话里听着挺好的嘛。"

威尔逊吃力地离开门口的阴凉和倚靠，大口喘着气，把油箱的盖子拧下来。阳光下他的脸色发绿。

"我不是有意打扰你吃午饭。"他说，"可是我急需用钱，所以想知道那辆旧车你打算怎么办。"

"你觉得这一辆怎么样？"汤姆问，"我上星期买的。"

"好漂亮的黄车。"威尔逊说，一面费力地操纵把手。

"想买吗？"

"是个好机会。"威尔逊淡淡一笑，"算了，不过我可以在另外那辆车上赚点钱。"

"你要钱干什么，这么突然？"

"我在这里待得太久了。我想离开。我老婆和我想搬到西部去。"

"你老婆想走。"汤姆吃惊地叫道。

"这事她都说了十年了。"他靠在油泵上休息一会儿，手搭着凉棚。"现在不管她想不想走，她都得走了。我要带她离开这里。”

小跑车从我们身边疾驰而过，掀起了一股尘土，车上挥动的手一闪而过。

“我该付你多少？”汤姆厉声问道。

“最近两天我才知道一件奇怪的事情。”威尔逊说，“这就是我要离开的原因。这就是我老是为那辆车打扰你的原因。”

“我该付你多少？”

“一块两毛。”

无情的热浪已开始弄得我头脑发昏，所以我听完当场吓了一大跳，随后才意识到，那时他的疑心其实尚未落到汤姆身上。他发现，茉特尔背着他在另外一个世界有自己的某种生活，这个冲击急得他身体出了毛病。我凝视着他，然后是汤姆，后者不到一小时以前也有了同样的发现——于是我想，男人在智力或种族方面固然有所不同，但比起生病的人与健康的人之间的深刻差异，那就算不了什么了。威尔逊病得像是他干了坏事，不可饶恕的坏事——仿佛他刚刚把一个可怜的女孩肚子搞大了。

“我可以把那辆车卖给你。”汤姆说，“明天下午给你送过来。”

那个地方总是隐隐约约让人不安，即使在午后耀眼的阳光里，于是我掉转头去，就好像有人警告过我提防背后什么东西似的。连绵的灰堆上方，T. J. 埃克尔堡医生的巨眼依然在日夜守望着，但是过了一会儿，我觉察到还有一双眼睛正从不到二十英尺远的地方格外狠劲地死盯着我们。

车行楼上的一扇窗户里，窗帘向旁边拨开了一点点，茉特尔·威尔逊正在向下窥视这辆车子。她如此全神贯注，丝毫没有意识到有人在观察她，一种接一种的情绪悄悄爬上她的脸，就好像众多物件渐次出现在一张慢慢显影的照片上。她的表情眼熟得很是蹊跷——这种表情我时常在女人脸上看到，可是出现在茉特尔·威尔逊脸上，却显得毫无意义并且莫名其妙，直到我忽然明白她那双圆睁的眼睛，充满妒忌和恐惧，其实并不是盯着汤姆，而是在盯着乔丹·贝克，原来她把乔丹误认作他的妻子了。

简单的头脑一旦慌乱起来，那简直不得了；就在我们开车上路的时候，汤姆感到一阵惊慌，心里像被灼热的鞭子抽打一般。他的妻子和情妇，短短一小时之前还是安全的、不可染指的，现在却突如其来要从他的控制下溜走了。本能促使他猛踩油门，一来要快快追上黛茜，二来要把威尔逊抛诸脑后，于是我们以五十英里的时速向阿斯托里亚飞驰而去，终于，在高架铁路蛛网般的钢架之间，我们看见了那辆悠然自在的蓝色小跑车。

“五十街附近那几家大电影院很凉快。”乔丹提议道，“我爱夏日午后的纽约，那时人都跑光了。它有一种非常肉感的东西——熟透的感觉，好像各种奇异的果实都将落到你的手里。”

“肉感”两个字弄得汤姆越发心神不安，但他还没来得及想出一个词以表示抗议，小跑车就已经停了下来，黛茜示意我们开上去与她并排。

“我们要去哪里？”她喊道。

“去看电影怎么样？”

“太热了。”她抱怨道，“你们去吧。我们开车兜兜风，回头跟你们会合。”她想讲两句俏皮话，可是这次力有不逮。“我们约好在哪个路口碰头。我将是那个抽着两根香烟的男人。”

"这里不是争论的地方。"汤姆没耐心地说，因为后面已经有一辆卡车在按喇叭咒骂了，"你们跟着我开到中央公园南边，广场饭店前面。"

他好几次回头看，找寻他们的车子；如果车流把他们耽误了，他就放慢速度，等待他们进入视野。我想他是害怕他们往路边小街一钻，从此永远逃离他的生活。

但是他们没有。而我们大家的下一步举动就更加难以理解了——在广场饭店租下了一间套房的客厅。

那场冗长而喧闹的争论一直到把我们都赶进了客厅，这才告一段落，而究竟是吵些什么，我现在也弄不清了，但是我的身体却清清楚楚记得，在整个过程中，我的内裤像一条湿漉漉的蛇缠着我的大腿不停往上爬，断断续续的汗珠凉丝丝滚过脊背。这个奇想起源于黛茜的建议，说是租上五间浴室洗个冷水澡，然后又取得了更明确的形式——"喝杯凉薄荷酒的地方"。我们每个人都来来回回地说这是个"疯狂的主意"——所有人七嘴八舌跟一个为难的旅馆办事员交涉，自以为，或者假装以为，我们这样很逗乐……

房间又大又闷，虽然已经到了四点，打开窗户，进来的却只是公园灌木丛中吹起的一股热风。黛茜走到镜子前，背对我们站着，整理她的头发。

"这个套房真阔气。"乔丹毕恭毕敬地低声说，引得大家都笑了起来。

"再打开一扇窗户。"黛茜头也不回地命令道。

"没有窗户可开了。"

"好吧，那我们最好打电话要把斧头——"

"你要做的是把热忘掉。"汤姆不耐烦地说，"像你这样叽叽歪歪的，只会热得难受十倍。"

他铺开毛巾，把那瓶威士忌放在桌上。

“何必找她的碴呢，老伙计？”盖茨比说，“是你要来城里的。”

一阵沉默。电话簿从钉子上滑落下来，哗啦一声掉到地上，于是乔丹低声说：“对不起。”——但这一次没人笑了。

“我去捡。”我主动说。

“我捡起来了。”盖茨比察看了一番断开的绳子，低低地“哼！”了一声，好像颇感兴趣的样子，然后把电话簿扔到椅子上。

“那是你很得意的口头禅，是不是？”汤姆尖锐地说。

“什么？”

“张口闭口都是‘老伙计’。你从哪里捡来的这一套？”

“你听着，汤姆，”黛茜说着，从镜子前转过身，“如果你要搞人身攻击，那我一分钟也不在这儿多待。打个电话要点冰来做薄荷酒。”

汤姆刚拿起话筒，那被闷得紧紧的酷热突然爆发出了声音，这时我们听到楼下舞厅传来门德尔松《婚礼进行曲》预兆不祥的和弦。

“想象一下在这种大热天跟人结婚！”乔丹阴郁地喊道。

“你可别说——我就是在六月中旬结婚的，”黛茜回忆道，“六月的路易斯维尔！有个人晕倒了。晕倒那人是谁，汤姆？”

“毕洛克西。”他简短地答道。

“一个叫‘毕洛克西’的人。‘积木块’毕洛克西，他是做盒子的——这是事实——他还是从田纳西州毕洛克西市来的。”

“他们把他抬进了我家里，”乔丹补充说，“因为我们家和教堂只隔两道门。他一住就是三个星期，最后爸爸只好赶他走人。他走后第二天爸爸就死了。”过了一会儿，她又加了一句：“两件事并没有关联。”

“我从前也认识一个叫比尔·毕洛克西的孟菲斯人。”我说。

“那是他堂兄弟。他走之前，他的整个家史我都弄得一清二楚。他送了我一根铝质高尔夫球推杆，现在还用着呢。”

随着婚礼开始，音乐停了下来，此刻窗口飘进来一阵长长的欢呼声，接着是此起彼伏的“耶——耶——耶！”的叫喊，最后爵士乐大作，舞会开始了。

“我们都老了。”黛茜说，“如果我们还年轻，就会起来跳舞的。”

“在说毕洛克西呢。”乔丹告诫她，“你在哪儿认识他的，汤姆？”

“毕洛克西？”他努力集中精神。“我不认识他。他是黛茜的朋友。”

“他不是。”她否认道，“那以前我从没见过他。他是坐你的专车南下的。”

“好吧，他说他认识你。他说他是在路易斯维尔长大的。阿莎·伯德在最后一分钟把他带来，问我们还有没有位子给他。”

乔丹微微一笑。

“他大概是想搭个便车回家。他跟我说他是耶鲁大学你们那一届的学生主席。”

汤姆和我茫然地看着对方。

“毕洛克西[①]？”

“首先，我们根本没有什么学生主席——”

盖茨比的脚焦躁不安地连敲了几声，汤姆突然打量起他来。

---

① Bil*ox*i，汤姆重复这个名字时，因其中的ox音节而联想到了牛津（Oxford），引出下文。

“顺便提一句,盖茨比先生,我听说你是牛津校友。”

“不完全是。”

“啊,是的,我听说你上过牛津。”

“是的——我去过那里。”

一阵停顿。然后是汤姆的声音,带着怀疑和侮辱的腔调:

“你大概是在毕洛克西去纽黑文的时候去的牛津吧。”

又是一阵停顿。一个侍者敲门,端着碾碎的薄荷叶和冰块进来,然而沉默并没有因他的一声“谢谢”和轻轻关门的声音而打破。这个重大细节终于要澄清了。

“我跟你说了我去过那里。”盖茨比说。

“我听到了,可是我想知道是什么时候。”

“是在一九一九年,我只待了五个月。因此我不能自称是真正的牛津校友。”

汤姆扫了大家一眼,看看我们脸上是否也有和他同样的怀疑。但是我们都望着盖茨比。

“那是停战以后他们为一些军官提供的机会。”他继续道,“我们可以去英国或法国的任何一所大学。”

我真想站起来在他背上拍一巴掌。我又一次恢复了对他的完全信任,这也是以前经历过的。

黛茜微微笑着站起来,走到了桌边。

“打开这瓶威士忌,汤姆,”她命令道,“我要给你做一杯薄荷酒。喝了你就不会觉得自己那么蠢了……瞧瞧这些薄荷叶子!”

"等一下，"汤姆恶声恶气地说，"我还要问盖茨比先生一个问题。"

"请问吧。"盖茨比礼貌地说。

"你到底想要在我家里挑起什么样的纠纷？"

他们终于把话说开了，倒也合了盖茨比的意。

"他并没有挑起纠纷。"黛茜绝望地看看这个，又看看那个，"是你在挑起纠纷。请你自我克制一点。"

"自我克制！"汤姆无法相信地重复道，"我想最新的时尚大概就是往后一坐，袖手旁观从无名之地冒出来的无名先生①向你老婆求欢吧。好吧，如果那是你的主意，你可以把我排除在外……这年头，人们开始是讥笑家庭生活和家庭制度，下一步就要抛弃一切，搞起黑人和白人异族通婚了。"

他慷慨激昂地胡言乱语，脸因此涨得通红，俨然以为自己是独自一人站在文明的最后一道屏障上。

"我们这儿都是白人。"乔丹咕哝道。

"我知道我并不很受欢迎。我可不办大型聚会。我看哪，你一定要把自己的家搞成猪圈，不然就结交不到朋友——在这个现代世界。"

尽管我跟大家一样越听越火，但是他每次张口我总忍不住想笑。一个浪荡子摇身一变竟成了道学家，还变得如此彻底。

"我有些话要对你说，老伙计——"盖茨比开口道。但是黛茜猜到了他的意图。

---

① 原文为Mr. Nobody。《奥德赛》中，奥德修斯在逃离独眼巨人波吕斐摩斯时自称"无人"（Nobody）。这里借汤姆之口，再次将盖茨比比作奥德修斯。"无名之地"（Nowhere）希腊语作Utopia，指盖茨比为聚会创造的象征尘世快乐的神奇花园。

“请不要说!”她禁不住打断话头,“我们都回家去吧。我们都回家不好吗?”

“那是个好主意。”我站了起来,“走吧,汤姆。没人要喝酒。”

“我想听听盖茨比先生有什么话要告诉我。”

“你的妻子并不爱你。”盖茨比说,“她从来没有爱过你。她爱的是我。”

“你一定是疯了!”汤姆冲口喊道。

盖茨比蓦地跳了起来,激动得青筋毕现。

“她从来没有爱过你,你听见了吗?”他喊道,“她嫁给你只不过是因为我穷,她等我等得厌倦了。那是一个可怕的错误,但是她心里从来没有爱过别人,只有我!”

到这时,乔丹和我都想走,但是汤姆和盖茨比争先恐后地阻拦,坚持要我们留下——仿佛他们谁都没有什么见不得人的事,而且做个旁听者分享他们的情感更是一种特权。

“坐下来,黛茜。”汤姆的声音并不成功地摸索着父辈的口吻,“这是怎么一回事?我想从头到尾听一听。”

“我已经告诉你是怎么一回事了。”盖茨比说,“前后已经有五年了——你不知道罢了。”

汤姆突然转向黛茜。

“五年来你一直跟这个家伙见面?”

“不是见面。”盖茨比说,“不是,我们见不了面。可是我们俩每时每刻彼此深爱,老伙计,而你却不知道。我有时忍不住发笑,”——但他眼中并无笑意——“一想到你一点也不知道。”

“哦——原来如此。”汤姆像牧师那样双手并拢他的粗指头,然后往椅背上一靠。

“你疯了！”他突然爆发，“五年前的事情我管不了，因为那时还不认识黛茜——可这也太离谱了，我实在看不出你怎么能沾上她的边，除非你跑到她家后门送菜去。至于你其余的话，全是该死的谎言。黛茜嫁给我的时候是爱我的，现在还是爱我。”

“她不爱你。”盖茨比说，摇摇头。

“随你怎么说，她确实爱我。麻烦在于她脑袋里有时会冒出些荒唐的点子，她也不知道自己在干什么。”他睿智地点点头。“再说，我也爱黛茜。偶尔我也荒唐一阵子，出点洋相，不过我总会回头，而且我心里始终是爱她的。”

“你真叫人恶心。”黛茜说。她转向我，声音降低了一个八度，让整个屋子充满了令人毛骨悚然的轻蔑：“你知道我们为什么离开芝加哥吗？真奇怪他们没给你讲讲那次小胡闹的故事。”

盖茨比走过来站在她身边。

“黛茜，那一切都过去了。”他诚挚地说，“现在没什么关系了。只要告诉他真话——你从来没有爱过他——一切就都永远勾销了。”

她茫然地看着他。“是啊——我怎么可能爱他呢？”

“你从来没有爱过他。”

她犹豫着。她的目光落在乔丹和我的身上，似在恳求，仿佛她终于意识到她在做什么了——又仿佛一直以来，她完全没有打算过要做任何事。但是现在已经做了。太晚了。

“我从来没有爱过他。”她说，看得出来很勉强。

“在凯皮奥兰尼[①]时也没有?”汤姆突然质问道。

“没有。”

楼下的舞厅里,沉闷而令人窒息的和弦随着一阵阵热气飘了上来。

“那天我把你从‘大酒钵’[②]上抱下来,免得沾湿你的鞋子,你也没爱过?”他沙哑的声调里流露着柔情……“黛茜?”

“别说了。”她的声音还是冷冷的,但是怨恨已经消失。她看着盖茨比。“你瞧,杰伊。”她说——可是她要点根烟的时候,手却在发抖。她突然把香烟和点着的火柴都扔到地毯上。

“啊,你要得太多了!”她对盖茨比喊道,“我现在爱你——难道还不够吗? 过去的事我没法抹去。”她开始无助地抽泣。“我的确一度爱过他——但是我也爱过你呀。”

盖茨比的眼睛睁开又闭上。

“你也爱过我?”他重复道。

“连这句话都是说谎。”汤姆恶狠狠地说,“她都不知道你还活着。告诉你——黛茜和我之间有一些事情你永远不会知道,我俩也永远不会忘记。”

这些话似乎噬咬进了盖茨比的肌肤。

“我要跟黛茜单独谈谈。”他执意道,“她现在太激动了——”

“就算单独谈,我也不能说我从没爱过汤姆。”她承认道,声音楚楚可

---

① 凯皮奥兰尼(Kapiolani),夏威夷最大的公园,位于檀香山东南部海滨,公园里可以看到火山遗址钻石头山。

② 大酒钵(Punch Bowl),檀香山市区的一个死火山口,形似大酒钵。1949年辟为国家纪念公墓,葬有珍珠港事件阵亡士兵。

怜，“那不会是真的。”

“当然不会。”汤姆附和道。

她转身对着丈夫。

“好像你还挺在乎的。”她说。

“当然在乎。从今天起我要更好地照顾你。”

“你还是不懂。”盖茨比说，有点着慌了，“你不会再照顾她了。”

“我不会？”汤姆睁大眼睛笑起来。他现在有底气控制自己了。“为什么呢？”

“黛茜要离开你了。”

“胡说。”

“不过，我确实要。”她说，看得出很费劲。

“她不会离开我的！”汤姆的言语突然居高临下地压迫盖茨比。“绝对不会为了一个低俗的骗子，一个连给她戴的戒指都得去偷的骗子。”

“我不能忍受这样说话！”黛茜喊道，“噢，求求你，我们走吧。”

“你到底是什么人？”汤姆爆发道，“你是迈尔·沃尔夫山姆周围那帮狐群狗党中的一个——我碰巧知道这么多。我已经对你的活动做了一番小小的调查——明天我还要再进一步。”

“悉听尊便，老伙计。”盖茨比沉稳地说。

“我查出你的那些‘药房’是怎么回事了。”汤姆转身面对我们，快速地说着。“他和这个沃尔夫山姆在本地和芝加哥买下许多小巷药房，私自售卖谷物酒精。那只是他耍的一个小把戏。我第一眼看见他就猜出他是个私酒贩子，还没有错得离谱。”

“那又怎样呢？”盖茨比礼貌地说，“我猜想你的朋友沃尔特·蔡斯也没骄傲到不肯屈就啊。”

“而你对他见死不救，不是吗？你让他在新泽西那边坐了一个月监牢。天啊！你应当听听沃尔特是怎么说你的。”

“他身无分文地找上我们。他非常高兴能赚点钱，老伙计。”

“你不要叫我‘老伙计’！”汤姆喊道。盖茨比没说什么。“沃尔特本来也可以告你犯了赌博法的，但是被沃尔夫山姆一通威胁，只好闭嘴。”

那种陌生却又依稀认得的表情又回到了盖茨比的脸上。

“那个药房生意不过是小零头而已，”汤姆慢慢地接着说，“你们现在搞的事情沃尔特都不敢告诉我。”

我瞥了黛茜一眼，只见她满脸惊骇，眼睛直瞪瞪地看看盖茨比又看看她丈夫，再看了看乔丹，这位小姐已经在平衡下巴颏上一件看不见却吸引人的物件了。于是我又回头去看盖茨比——却被他的表情吓了一跳。他看上去——先申明我最鄙视他家花园里那些喋喋不休的诽谤——活像刚“杀了个人”似的。有那么一瞬间，他脸上的表情恰恰可以那样荒谬地形容。

这种表情很快过去，他开始激动地向黛茜解释，矢口否认一切，为自己的名声辩护，抵抗着那些还没有提出的指控。然而他每说一个字都令她回缩得更远，结果他只好闭口不说了，唯有那死去的梦想随着下午悄然溜走仍在继续奋争，拼命想触摸那不再摸得着的东西，不快乐却也未绝望地挣扎着追寻屋子对面那失去的声音。

那个声音又央求要走。

“求求你，汤姆！我再也受不了啦。”

她惊恐的眼睛似在说，无论她有过什么意图，有过多少勇气，现在无疑都已不复存在了。

“你们两个动身回家吧，黛茜。”汤姆说，“坐盖茨比先生的车子。”

她看着汤姆，一下子慌了，但他定要如此，神情透着宽宏大量的轻蔑。

“走吧。他不会骚扰你的。我想他心里也明白，他那点不自量力的小小调情已经玩完了。”

他们走了，没有一句话，仿佛烛火被弹指熄灭，显得那么偶然、孤立，如幽灵一般，甚至我们的怜悯都无从表达。

过了一会儿，汤姆站起来，开始用毛巾把那瓶还没开的威士忌包起来。

“来点儿这玩意吗？乔丹？……尼克？”

我没接话。

“尼克？”他又问了一声。

“什么？”

“来点儿吗？”

“不了……才想起今天是我的生日。”

我三十岁了。在我面前又一个十年展开了，一条荆棘丛生的险恶之路。

等我们坐进小跑车动身回长岛时，已经是七点钟了。汤姆滔滔不绝说个不停，兴致高昂，谈笑风生，但他的声音在乔丹和我听来，就像人行道上不相干的嘈杂和头顶高架铁路隆隆的喧响一样遥远。人类的同情心是有限度的，我们也只得让他们那场不幸的争论随着身后城市的灯火一道渐渐远去。三十岁——预示着前方十年的孤独，日渐稀少的可交往的单身汉，日渐稀缺的热衷之事，日渐稀疏的头发。但是我身边还有乔丹，跟黛茜不一样，她通达明智，决不会把早已忘怀的旧梦年复一年藏在心里。我们驶过暗黑的铁桥时，她苍白的脸懒懒地靠在我的肩上，她的手令人安心地贴压着我，年满三十的可怕冲击就这样渐渐消解了。

于是我们穿过微带凉意的暮色向死亡驶去。

年轻的希腊人米凯利斯，那个在灰堆旁边开小咖啡馆的，是验尸时主要的见证人。他在热浪中一觉睡到下午五点多才起来，等他漫步走到车行，发现乔治·威尔逊在他的办公室里生病了——病得不轻，面色如他的头发一样苍白，浑身发抖。米凯利斯劝他上床休息，但威尔逊不肯，说那样会误掉许多生意。就在他的邻居努力劝说他的时候，楼上突然爆发出一阵激烈的吵闹。

"我把老婆锁上面了。"威尔逊平静地解释道，"她要在那儿一直待到后天，然后我们就搬走。"

米凯利斯大吃一惊；他们做了四年邻居，威尔逊从来不像一个能说出这种话来的人。通常他是那些精疲力竭的男人中的一个：不干活的时候，就坐在门口一把椅子上，呆呆地望着路上过往的行人和车辆。不管谁跟他说话，他总是和善地笑笑，面色苍白而无血色。他凡事都听他老婆的，自己没有一点主张。

所以米凯利斯自然想弄清发生了什么事，但威尔逊一个字也不肯说——相反，他开始用怪异、怀疑的目光打量这位来访者，盘问他在某些日子某些时刻在干什么。正当后者感觉越来越不自在的时候，门口有几个工人经过，是去他的馆子的，于是米凯利斯便乘机脱身，想着过后再回来。但他没有再来。他说他大概是忘了，没别的。他再次出来的时候是七点过一点，只听见威尔逊太太在楼下车行里破口大骂，这才想起了那番谈话。

“打我呀！”他听见她叫喊，“把我撂在地上打呀，你这个肮脏没种的东西！”

过了一会儿，她夺门而出，冲进外面的暮色里，两手乱舞，一边连声呼喊——他还没来得及离开门口，惨祸就已经发生了。

那辆“死亡之车”——借用报纸上的说法——压根儿没停；它从越来越浓的夜色中冲出来，悲惨地踌躇片刻，然后在前面弯道一扭身不见了。马弗罗・米凯利斯连车子的颜色都说不准——他告诉第一个警察是浅绿色。另一辆汽车是前往纽约的，开过了一百码左右才停下来，司机赶快跑回茉特尔・威尔逊惨烈殒命的地点，只见她跪在公路当中，浓黑的血和尘土混合在一起。

米凯利斯和这个人最先赶到她身旁，但他们把她仍然浸湿着汗水的衬衣撕开时，看见她左边的乳房松松地耷拉着，已经没必要再听听下面还有没有心跳了。她的嘴张得很大，嘴角撕破了一点点，好像她在释放储存了这么久的旺盛活力时，突然有点窒息。

我们离那儿还有一段距离，就看见三四辆汽车和一群围观的人。

“撞车了！”汤姆说，“倒也好。威尔逊终于有点生意了。”

他放慢了速度，但并没有停车的意思，直到我们开得近一点，看到车行门口人们屏息敛容的神情，他才不由自主地踩下了刹车。

“我们去看一眼，”他犹豫不定地说，“就看一眼。”

我这才听见车行里不断传来阵阵空洞的哀号，我们下了小跑车朝车行门口走去时，听出哀号声原来是气喘吁吁的呻吟中一遍遍悲诉的“啊，我的上帝！”几个字。

“这儿出大乱子了。”汤姆兴奋地说。

他踮起脚尖，隔着围观的人头向车行里窥望，里面照明的只有一盏昏黄的电灯，挂在头顶上的铁丝罩里。他喉咙里忽然怪叫一声，接着两只强健的手臂猛然向前一推，挤进了人群。

那一圈围观者又合拢来，发出一阵叽叽咕咕的抱怨声；有一阵子我什么也看不见。后来又有新到的人打乱了阵列，忽然间乔丹和我被挤到了里面。

茉特尔·威尔逊的尸体停放在墙边一张工作台上，裹在一条毯子里，外面又包了一条毯子，仿佛在这炎热的夜晚她却着了凉似的；汤姆背对着我们，正一动不动地俯身在看。他身边站着一名摩托车警察，正在小本子上记录人名，汗涔涔地涂涂改改。先前听到高亢的哀诉之语在空荡荡的车行里回响，我一时还找不到它的源头——随后就看见威尔逊站在办公室高起的门槛上，双手抱住门框，身体前后摇晃着。有一个人在低声对他说话，不时想把手搭在他肩上，但威尔逊既不听也不看。他的目光从那盏摇晃的电灯慢慢下移到墙边承重的桌子，然后又猛地拉回到那盏灯上，不停地发出他那高亢、可怕的哀号：

“啊，我的上——帝啊！啊，我的上——帝啊！啊，上——帝啊！啊，我的上——帝啊！”

随即汤姆猛地抬起头来，目光呆滞地扫视了车行一番，然后语无伦次地对警察咕哝了一句什么。

“马——弗——”警察在说，“——奥——”

“不对，罗——”那人更正说，“马——弗——罗——”

“你听我说！”汤姆凶狠地低声说。

“罗——”警察说。

“格——”

“格——”当汤姆的大手猛地落在他肩上时，他抬起头来。“你想干什么，伙计？”

“出什么事了？——那就是我想知道的。”

“汽车撞上了她。当场死亡。”

“当场死亡。”汤姆重复道，两眼发直。

“她跑到了路中间。狗娘养的车停都没停。”

“当时有两辆车，”米凯利斯说，“一辆来，一辆去，明白吗？”

“去哪儿？”警察敏锐地问。

“各去一个方向。喏，她”——他朝毯子举起手，但半路就打住了，又垂回身边——“她跑到外面路上，纽约来的那辆车就直接撞上了她，开到一小时三四十迈呢。”

“这儿的地名是什么？”警察追问道。

“还没有地名。”

一个肤色较浅、穿着体面的黑人走上前来。

“那是一辆黄色汽车，”他说，“大型黄色汽车。新的。”

“看到事故发生了？”警察问。

“没有，但是那辆车过后从我旁边经过，开得比四十迈快。跑到了五六十。”

“过来，让我们记下你的名字。让开点。我要记录他的名字。”

这段对话一定有几个字传到了还在办公室门口摇晃的威尔逊耳朵里，因为忽然间他喘不过气来的哀号声中出现了新的主题：

“你不用告诉我那是什么样的车！我知道那是什么样的车！”

我留意着汤姆，只见他肩膀后面那团肌肉在上衣底下紧张起来。他快步朝威尔逊走过去，站在他面前，两手紧紧抓住他的臂膀。

“你一定要镇定下来。”他说，声音粗哑地安慰道。

威尔逊的目光落到汤姆身上；他先是惊得踮起了脚尖，随后若不是汤姆扶住，他早已跪倒在尘埃里了。

“听我说。”汤姆说着，轻轻摇了摇他，“我刚从纽约赶到这里。我是要把我们一直在谈的那辆小跑车带给你的。今天下午我开的黄色汽车其实不是我的——你听见了吗？我整个下午没再看到它。”

只有我和那个黑人在他近旁，听得见他说什么，但是那个警察从他的语气中听出了点什么，于是目光严厉地朝这边看。

“你们说些什么？”他质问。

“我是他的朋友。”汤姆回过头来，但两手还是紧紧抓住威尔逊的身体。“他说他认识肇事的车子……是一辆黄色汽车。”

警察隐隐感觉事有蹊跷，怀疑地看着汤姆。

“那么你的车是什么颜色？”

“它是蓝色的，小跑车。”

“我们刚从纽约一路开过来。”我说。

某个跟在我们后面不远处的人证实了这一点，于是警察掉头不理了。

“好，请让我再把那个名字核对——”

汤姆把威尔逊像玩偶一样拎起来，提到办公室里，放在一把椅子上，然后自己回来。

“谁愿意过来陪他坐坐？”他命令似的呵斥道。他瞅着站得最近的两个人彼此望望，很不情愿地走进那间屋子。然后汤姆在他们身后砰地关上了门，跨下那一级台阶，目光躲避着那张台子。他经过我身边时低声说：“我们出去吧。”

他用那双威猛的手臂开路，我们都颇不自然地从仍在聚集的人群中挤了出去，跟一位匆匆赶来的医生擦身而过，他手里提着医箱，是半个小时以前抱着一线希望去请的。

汤姆开得很慢，直到我们过了那个弯道——他的脚才重重踩了下去，于是小跑车在黑夜里一路飞驰。不一会儿，我听见一声低沉而沙哑的抽噎，回头一看，他的脸上眼泪流了下来。

“这个该死的懦夫！”他呜咽道，“他都没停一下车。”

布坎南家的房子忽然穿过黑沉沉、瑟瑟作响的树木向我们飘过来。汤姆把车停在门廊旁边，然后抬头望望二楼，蔓藤中间有两扇窗户透着光亮。

“黛茜到家了。”他说。我们下车时，他看了我一眼，微微皱了皱眉。

“我应该在西蛋放你下车的，尼克。今天晚上我们没事可干了。”

他身上发生了变化，说话严肃，带着果决。我们穿过洒满月光的石子车道朝门廊走去时,他几句话就利索地处理了眼前的局面。

“我打电话叫辆出租车送你回家;你等车的时候,最好和乔丹到厨房去,让他们给弄点晚饭——如果你们想吃的话。”他推开大门。“进来吧。”

“不了,谢谢。就请你替我叫辆出租车吧。我在外面等。”

乔丹把手搭在我的胳膊上。

“你不进来吗,尼克?”

“不,谢谢。”

我感觉有点不舒服,想一个人待着。但乔丹还是多逗留了一会儿。

“现在才九点半。”她说。

我实在不想进去了;这一天我已经看够了他们这些人,忽然间连乔丹也包括在内。她肯定从我的表情中看出了点苗头,因为她猛地扭转身,跑上门廊台阶进屋子里去了。我双手抱头坐了几分钟,这时我听见里面有人拿起电话,接着是管家叫出租车的声音。随后我沿着车道慢慢离开房子,准备走到大门口去等。

我还没走上二十码,就听见有人叫我的名字,接着盖茨比从两丛灌木之间走了出来。我当时一定有些神志恍惚了,因为我脑子里一片空白,只注意到他的粉红色套装在月光下亮亮的。

“你在干什么?”我问道。

“只是站在这里,老伙计。”

不知为什么,这口吻像是要搞什么卑鄙勾当。没准他马上就要去抢劫这户人家;假如我看到邪恶的面孔,“沃尔夫山姆的人”的面孔,藏在他后面暗黑的灌木丛中,我也不会奇怪的。

“你看到路上出什么事了吗？”稍停片刻他问道。

“看到了。”

他犹豫着。

“她死了吗？”

“死了。”

“我也这么想；我当时就告诉黛茜我是这样想的。反正免不了这番惊吓，早点告诉她倒好些。她还能承受住。”

他说起话来，好像黛茜的反应才是唯一要紧的事情。

“我从一条小路开回西蛋，”他接着说，“把车子留在了我的车库里。我想没有人看见我们，当然我不能确定。”

到这时我已经非常厌恶他，我都觉得没必要跟他说他想错了。

“那个女人是谁？”他问道。

“她姓威尔逊。她丈夫是车行的老板。这事到底怎么发生的？”

“唉，我试图把方向盘扳过去——”他即刻打住，突然间我猜到了真相。

“是黛茜在开车吗？”

“是，”他过了一会儿才说，“但是当然，我会说是我在开。要知道，我们离开纽约的时候，她非常焦躁，以为开开车可以镇定下来——后来这个女人朝我们冲出来，当时恰好迎面也来了一辆车子。前后也就是一瞬间的事，但我觉得她是想跟我们说话，以为我们是她认识的人。唉，黛茜先是把车子从女人那边闪开，冲向另外那辆车，接着她又惊慌失措地转了回来。我的手才碰到方向盘就感觉到了震动——她一定是当场撞死了。”

“她被撕开了——”

“别说了，老伙计。”他战栗了一下。“不管怎样——黛茜错踩了油门。我叫她停下来，但她停不了，我只得拉上紧急刹车。之后她晕倒在我怀里，接下来就由我来开了。

“明天她就会好的。”他随即又说，“我就在这里等着，看他会不会因为今天下午的不愉快找她麻烦。她把自己锁在房间里了，如果他有任何粗暴举动，她就会把灯关掉再打开。”

“他不会碰她的。”我说，“他现在想的不是她。”

“我不相信他，老伙计。”

“你准备等多久？”

“整夜，必要的话。好歹得等到他们都去睡了。”

我忽然有了一个新的想法。假如汤姆发现原来是黛茜在开车，他也许会疑心他看到了其中的关联——他也许会疑心一切。我看着那座房子；楼下有两三个窗户亮着灯，二楼黛茜的房间也透出粉红色的光亮。

“你在这儿等着。”我说，“我去看看有没有吵闹的迹象。”

我沿着草坪的边缘往回走，轻轻穿过石子车道，踮起脚尖走上游廊的台阶。客厅的窗帘是拉开的，我看到屋子里没有人。穿过前廊——三个月前那个六月的晚上我们曾在此共进晚餐，我来到一小片长方形的灯光前面，我猜那是食品间的窗户。百叶窗拉了下来，但我在窗台的位置找到了一处缝隙。

黛茜和汤姆对坐在厨房餐桌的两边，中间放着一盘冷炸鸡，还有两瓶啤酒。他正隔着桌子专注地跟她说话，说到热切处，他伸过手去罩住了她的手。她不时抬起头来看看他，点头表示同意。

他们并不快乐，谁都没有碰炸鸡和啤酒——然而他们也并非不快乐。这幅图景无疑弥漫着一种自然的亲密气氛，任何人也都会说他们是在一起密谋。

当我踮着脚尖走下前廊时，听见出租车沿着黑暗的道路朝房子慢慢摸索过来。车道上盖茨比还在刚才分手的地方等着。

“上边一切都平静吗？”他焦急地问。

“是的，一切平静。”我迟疑了一下。“你最好也回家睡觉去吧。”

他摇了摇头。

“我想在这儿等到黛西上床睡觉。晚安，老伙计。”

他把两手插在上衣口袋里，急切地回头继续审视那座房子，仿佛有我在场妨碍了他神圣的守望。于是我走开了，留下他站在月光里——空守。

第八章

我整夜无法入睡；海湾上一支雾笛不停地呜呜作响，我生病似的辗转反侧于怪诞不经的现实与凶野可怖的噩梦之间。天快亮的时候，我听见一辆出租车开上了盖茨比的车道，于是立刻跳下床开始穿衣服——我觉得有话要跟他说，有事要警告他，等到早上可能就太迟了。

我穿过他的草坪，看见他的大门还开着，门厅里他靠着一张桌子，因为沮丧或睡意而显得疲惫。

“什么也没发生。”他面色苍白，无力地说，“我一直等着，四点左右她走到窗口，站了一会儿，就把灯关掉了。”

那个夜晚我们在众多大房间里四处找寻香烟的时候，在我眼里，他的房子从来没有显得如此庞大。我们推开帐篷般厚重的帷幔，在黑暗中顺着无穷尽的墙壁摸索电灯开关——我一不小心给一架幽灵似的钢琴绊了一下，轰隆一声摔在了琴键上。到处都是不知哪里来的灰尘，所有房间都霉气扑鼻，好像很多日子没有开窗透气了。我在一张不熟悉的桌子上找到了雪茄盒，里面还剩两根变了味的干瘪纸烟。我们打开客厅的落地窗，坐下来对着外面的黑暗吞云吐雾。

“你应当离开这里。”我说，“他们肯定会查到你的车子。”

“老伙计，现在离开？”

“到大西洋城待一个星期，或者北上蒙特利尔。”

他不愿考虑。在他知道黛茜准备怎么办之前，他绝不可能离开她。他正在竭力抓住最后的一线希望，我也不忍心叫他撒手。

就是在这个夜晚，他跟我讲述了青年时期与丹·科迪之间的离奇故事——跟我讲是因为“杰伊·盖茨比”已经像玻璃一样被汤姆的恶意无情地击得粉碎，那出漫长的秘密狂想剧也演完了。我想这个时候他会愿意把一切都讲出来，毫无保留，然而他只想谈论黛茜的事。

她是他平生认识的第一位“大家闺秀”。他曾以各种隐匿的身份和这一类人接触过，但总是觉得中间隔着一层无形的铁丝网。他兴奋地发现她特别合他心意。他先是跟泰勒营的其他军官一起到她家里去，后来就单独前往了。她的家令他惊异——他以前从来没进过这么漂亮的房子。然而它之所以有一种强烈得让人透不过气来的氛围，还是因为黛茜住在那里——于她只是一个不甚在意的住所，就如营地那边他的帐篷对于他一样。这房子弥散着浓郁的神秘气息，仿佛暗示着楼上还有许多未曾见过的富丽而凉爽的卧室，暗示着走廊里举办过欢乐而热情洋溢的活动，暗示着这儿发生过无数的爱情故事——不是陈腐的、已经用薰衣草保存起来的那种，而是新鲜的、活灵活跳的，让人联想起本年度崭新耀眼的汽车，联想起鲜花一点也没凋谢的舞会。很多男人都曾爱过黛茜，这也使他更加兴奋——在他眼中提高了她的身价。他感觉到房子里他们无处不在，空气中充满着依然鲜活的激情的影子和回声。

但是他心里明白，他能出入黛茜家只是出于一个天大的偶然。不管他作为杰伊·盖茨比会有多么辉煌的未来，眼下他只是一个身无分文、没有家世的年轻人，而且他的军服就如一袭无形的斗篷，随时可能从他的肩头滑落。因此他把仅有的时间利用到极致。他攫取一切到手的东西，贪得无厌，毫无顾忌——终于在十月一个静寂的夜晚，他占有了黛茜，占有她，是因为他连碰一碰她手的资格都没有。

他也许应该鄙视自己，因为他确实以蒙骗和伪装占有了她。我不是说他利用子虚乌有的百万家财来行骗，但是他有意给黛茜营造了一种安全感，让她相信他的出身跟她不相上下——完全有能力照顾好她。然而事实上，他根本没有这种能力——他背后并没有富裕的家庭做靠山，何况冷漠无情的政府一旦心血来潮，他随时可能被吹到[①]世界的任何角落。

但是他并没有鄙视自己，事情的结果也不是他想象的那样。也许他最初只是想伺机占取，然后一走了之——但是现在他发现自己已经献身于追逐一个圣杯了。他知道黛茜是非比寻常的，但是他并没意识到一位"大家闺秀"到底有多么非比寻常。她消失在她富丽的住宅里，消失在她富有、完满的生活里，留下盖茨比——两手空空。他觉得跟她结了婚，如此而已。

两天后他们再度见面时，反倒是盖茨比显得心慌意乱，似乎无端被人辜负了。她家门廊沐浴在买来的灿烂星光里，很是明亮；她转身让他吻她那奇妙、可爱的嘴唇时，柳条靠椅时髦地吱吱作响。她着了凉，声音比平时沙哑一些，却更加迷人，于是盖茨比无法抗拒地意识到财富是怎样禁锢并保存

① 被风吹送，到处飘流，如同奥德修斯。

青春与神秘的，意识到拥有无数衣装是如何使人清新脱俗的，意识到黛茜，皎然如银，是何等安全而骄傲地高踞于苦苦挣扎的穷人之上的。

“我没法向你形容我是多么惊讶地发现我爱上了她，老伙计。有一阵我甚至希望她会把我甩掉，但是她没有，因为她也爱上了我。她觉得我见多识广，因为我知道很多她不懂的事情……你看，我就这样抛下了雄心壮志，每分每秒都在爱情里越陷越深，结果突然间我什么也不在乎了。如果只是跟她描绘我的宏图大志就能带来更大的快乐，那又何必真的去追求呢？”

在他开往海外之前的最后那个下午，他搂着黛茜坐了很久，两人都默默无语。那是一个清冷的秋日，屋子里生了火，她的脸颊泛着红晕。她时不时动一下身子，他就微微挪动一下胳膊，有一次还吻了她乌黑发亮的头发。那个下午的厮守带给他们片刻的安宁，仿佛要给他们留下深深的记忆，才好面对第二天即将开启的漫长别离。有时她的嘴唇默默地拂过他军服的肩头，有时他轻柔地碰碰她的指尖，仿佛她在睡梦里——他们这一个月的恋爱中，还从来没有如此亲密，从来没有如此深刻地心意相通。

他在战争中表现极好。上前线之前他已是上尉，阿尔贡战役之后又晋升为少校，指挥师属机枪部队。停战以后，他发疯似的要求回国，但是出于某种混乱或者误会，他反倒被阴差阳错地送到了牛津。他开始焦虑起来——黛茜的来信里流露出一种紧张的绝望。她不明白他为什么不能回来。她开始感觉到了外界的压力，她想要见到他，需要他在身边安慰，让她放心并没有做错事情。

毕竟黛茜还很年轻，她那人为的世界里氤氲着兰花的馨香，充斥着欢快惬意的势利风尚，还有乐队——那些乐队设定了这一年的节奏，以新的曲调总结生活的哀愁与挑逗。萨克斯管整夜呜咽着《比尔街布鲁斯》[1]无望的哀吟，同时上百双金银舞鞋曳过闪亮的芳尘。到了灰暗的早茶时分，总有一些房间不停悸动着这种低沉而甜蜜的狂热，到处是鲜活的面庞来往飘转，恰似被四周哀伤的铜管吹起的玫瑰花瓣。

在这个迷离的宇宙里，随着社交季的到来，黛茜又开始活跃了；忽然间她又回到每天和五六个男人订五六场约会的生活，直忙到黎明才昏昏沉沉地睡去，缀有珠饰的薄绸晚礼服纠缠着即将枯萎的兰花，被胡乱扔在了床边地板上。她的内心深处始终渴望做出一个决定。她想现在就定下自己的终身大事，一刻也不容迟缓——而这个决定也一定得由近在眼前的某种力量做出——爱情、金钱，或者无可置疑的实用性。

仲春时节，随着汤姆·布坎南的到来，那股力量已初见端倪。他的身材、他的身份都有一种健康的笨重感，黛茜觉得很满意。毫无疑问，她内心也有过一番挣扎，但终于释怀。等那封信寄到盖茨比手中时，他还在牛津。

这时长岛已是黎明，我们把楼下其余的窗户也逐一打开，让房子里充满渐渐灰白、渐渐金黄的光线。一棵树的影子突然横斜在缀满露珠的草地上，蓝色的树叶中间幽影似的鸟雀开始歌唱。空气中有一种缓慢而愉悦的流动，说不上是风，预示着凉爽宜人的一天。

---

① 《比尔街布鲁斯》（“Beale Street Blues”），1917年发行的一首蓝调歌曲。比尔街是田纳西州孟菲斯市区一条街道，在蓝调音乐史上占有重要地位。

“我相信她从来没有爱过他。”盖茨比从一扇窗前转过身来，挑战似的看着我。“你一定记得，老伙计，她今天下午非常紧张。他跟她讲那些事情的样子把她唬住了——把我说得像是个一钱不值的骗子。结果她简直不知道自己在说些什么。”

他闷闷不乐地坐下来。

“当然，他们刚结婚的时候，她可能爱过他一小会儿——但即使那时她也更爱我，你明白吗？”

忽然间他说出一句奇怪的评论。

“不管怎样，”他说，“那不过是身体上的事。”

怎么理解这句话呢？除了怀疑他对这桩情事的看法带有某种无法测度的强烈情感，还能做何解释？

等他从法国回来，汤姆和黛茜还在蜜月旅行；他痛苦不堪却又抑制不住地跑了一趟路易斯维尔，花掉了他剩下的最后一点饷银。他在那里逗留了一个星期，走遍了那个十一月的夜晚他们脚步契合如一的大街小巷，重访了他们开着她的白色汽车去过的那些僻静地方。正如在他眼里，黛茜家的房子总是显得比别的房子更加神秘和欢乐，如今这座城市本身，尽管黛茜已经离开，在他看来依然弥漫着一种忧郁的美。

他离开的时候，觉得如果加倍努力寻找，也许就已找到她了——而现在却要丢下她自己走了。硬座车里——他已经身无分文——很热。他走出车厢，来到敞开的通廊，在一把折叠椅上坐下，望着车站往后滑走，一座座陌生建筑物的背面也一闪而过。随后火车驶进了春天的田野，那里一辆黄色电车跟他们竞跑了一会儿，也许电车上有人曾在街头无意间看见过她白皙迷人的脸庞。

铁轨转了一道弧线，现在是远离太阳而去了，夕阳西下，似乎要为这座她曾经生活过、眼下正渐渐消逝的城市撒上祝福。他绝望地伸出手去，仿佛只要抓住一丝空气，保存这个地方的一片碎屑就好，在他眼中这里因为她而显得如此可爱。然而在他模糊的眼中一切都过去得太快，他知道他已经失去了其中最鲜活、最美好的部分，永远地失去了。

我们吃完早点，走到外面门廊上时已经九点了。一夜过后天气骤变，空气中已经有了些许秋意。盖茨比以前的仆人只剩下一个园丁，他来到台阶前面。

“我今天准备把游泳池的水放掉，盖茨比先生。树叶就快落了，到时候水管老是会堵塞。”

“今天不要放。”盖茨比回答道。他带着歉意地转向我。“你知道吗，老伙计，我整个夏天都没用过那个游泳池。”

我看了看表，站起身来。

“我那趟火车还有十二分钟。”

我不想进城。我没有心思好好干点活，但这并不是原因——我只是不想离开盖茨比。我误了那趟车，又误了下一趟，然后才勉强离开。

“我给你打电话。”我最后说。

“一定，老伙计。”

“大概中午打给你。”

我们慢慢走下台阶。

“我想黛茜也会打电话来的。”他焦虑不安地看着我，似乎希望我证实这一点。

“我想是的。”

“好吧，再见。”

我们握了握手，然后我动身离开。刚要走到树篱边，我忽然想起了什么，于是又转过身。

“他们是一群混蛋。”我隔着草坪喊道，“这帮家伙加在一起都比不上你。”

我后来一直很欣慰我说出了那句话。那是我对他说过的唯一一句恭维话，因为我自始至终都是不赞成他的。他先是礼貌地点点头，随后他的脸上绽放出那种灿烂的会心微笑，仿佛我们在这一点上一直是迷醉般结盟的。他那华美的粉红色俗气套装映衬着洁白的台阶，显得鲜亮耀眼，于是我想起了三个月前那个晚上，我初次来到他的祖屋[①]时的情景。他的草坪和车道上挤满了客人的面孔，人人都在猜测他的堕落背景——而他就站在那许多级台阶上，心里藏着他永不衰朽的梦想，向他们挥手告别。

我为他的殷勤款待表示感谢。我们总在为此向他道谢——我和其他人。

“再见。”我喊道，“谢谢你的早餐，盖茨比。”

到了城里，我勉强抄录了一会儿没完没了的股票报价，随后就在转椅里睡着了。临近中午的时候，电话把我吵醒，我惊跳而起，额头上汗珠直冒。对方是乔丹·贝克；她惯常在这个钟点给我打电话，因为她自己行踪不定，

① 以中西部人的眼光，尼克当时以为盖茨比是世家子弟。

总是穿梭于酒店、俱乐部和私人住宅之间，很难用别的办法找到。通常她的声音从电话里传来总是清新凉爽的，仿佛一块草皮从绿茵茵的高尔夫球场飘进了办公室的窗口，但是今天上午却听着刺耳干涩。

“我离开黛茜家了。”她说，“我在亨普斯特德，今天下午要去南安普敦[①]。”

也许离开黛茜家是明智的，但是这个举动却令我很不愉快，而她接下来的评论就更叫我生气了。

“昨晚你对我不大好。”

“在那个时候又有什么要紧呢？”

一阵沉默。然后她说：

“不管怎样——我想见你。”

“我也想见你。”

“要不我就不去南安普敦了，下午进城来好不好？”

“不——我想今天下午不行。”

“那好，随便吧。”

“今天下午实在不行。各种——”

我们就像这样说了一会儿，随后突然间谁都不再讲话了。我不知道是谁咔嗒一声挂掉了电话，但我知道我并不在乎。即使我永远不能再对她讲话，我那天也不可能跟她一起喝茶聊天的。

几分钟后我打电话到盖茨比家，但是线路在忙。我接连打了四次；最终，一个恼火的接线员告诉我这条线路正在等底特律的长途。我拿出火车

---

① 亨普斯特德（Hempstead）和南安普敦（Southampton）都是位于长岛的城镇。

时刻表，在三点五十分那趟车上画了个小圆圈。然后我靠在椅背上，打算思考一下。这时刚到中午。

那天上午乘火车路过那些灰堆时，我有意避到车厢的另外一侧。我料想那里整天都有一群好奇的人在围观，小男孩们在尘土中寻找黑色的血斑，还有一个唠叨的人在翻来覆去讲出事的经过，一直讲到连他自己都觉得越来越不真实，再也讲不下去，于是茉特尔·威尔逊的悲惨结局也就被人遗忘了。现在我要倒回去一点点，讲一下头天晚上我们离开车行之后那里发生的情况。

他们费了老大的劲才找到她的妹妹凯瑟琳。那天晚上她一定是破了不喝酒的规矩，因为她到达的时候醉得稀里糊涂的，怎么也理解不了救护车已经开去法拉盛的事实。等他们终于让她明白过来，她立刻晕了过去，仿佛那才是整个事件中最无法忍受的部分。有一个人不知是出于好心还是好奇，让她上了他的车，载着她一路尾随她姐姐的遗体而去。

午夜过去很久都还有潮水般的人群一阵阵涌到车行门口，里面乔治·威尔逊坐在长沙发上不停地来回摇摆。有一阵子办公室的门还开着，每个人走进车行，都忍不住往里面瞟上一眼。终于有人说这太不像话了，才把门关上。米凯利斯和另外几个男人陪着他；起初还有四五个人，后来就只剩下两三个了。再后来，米凯利斯不得不请求最后一个陌生人再等十五分钟，他好回自己的馆子煮上一壶咖啡。那以后，他就一个人留在那儿陪威尔逊了，一直到天亮。

凌晨三点左右，威尔逊语无伦次的嘟嘟囔囔发生了质的变化——他渐渐安静下来，开始谈起了那辆黄色汽车。他声称他有办法查出那辆黄色汽车是谁的，随后又脱口说出几个月前他老婆从城里回来时，脸带着瘀伤，鼻子青肿。

但当他听到自己说出这事的时候，不禁畏缩了一下，又开始呼天抢地地哀号：“噢，我的上帝啊！”米凯利斯笨嘴拙舌地想要让他分分心。

“你结婚多长时间了，乔治？来吧，试试看，安安静静地坐一会儿，再回答我的问题。你结婚多长时间了？”

“十二年。”

“有过孩子吗？哎呀，乔治，坐着别动——我问你问题呢。你有过孩子吗？”

固执的棕色甲壳虫不停地往昏暗的电灯上乱撞，米凯利斯每次听见外面公路上有汽车疾驰而过，总觉得像是几个小时前那辆没有停下的汽车。他不愿意走进车行里去，因为那张停放过尸体的工作台上沾染了血迹，于是只好很不舒服地在办公室里走来走去——没到天亮他就把里面的物件认了个遍——还不时在威尔逊身边坐下来，努力让他安静一些。

“你有没有偶尔去去的教堂，乔治？就算很久没有去过也行，有吗？也许我可以给教堂打个电话，请一位牧师过来，他可以跟你谈谈，你看好吗？”

“不属于任何教堂。”

“你应当有个教堂，乔治，碰到这种时候才晓得。你肯定去过一次教堂。你不是在教堂里结婚的吗？听着，乔治，听我说。你不是在教堂里结婚的吗？”

“那是很久以前了。”

回答这个问题费了他一番努力，打乱了他来回摇摆的节奏——有一小会儿，他不作声了。然后那种同样的半明白、半迷惑的神情又回到了他失神的眼睛里。

“看看那个抽屉里。”他指着书桌说。

“哪个抽屉？”

“那个抽屉——那一个。”

米凯利斯打开了手边最近的那个抽屉。里面没有别的，只有小小一根昂贵的狗链，是用牛皮和编织银链制作的。看上去还是新的。

“这个？”他举起狗链问道。

威尔逊盯着它点点头。

“我昨天下午发现的。她还想向我解释，但是我知道这事有来头。”

“你是说你老婆买的？”

“她用薄纸包着放在梳妆台上。”

米凯利斯看不出其中有什么怪异之处，于是给了威尔逊一打理由解释他老婆为什么会买下这条狗链。但是可以想见，威尔逊早已从茉特尔那里听到过同样这些理由，因为他又开始低语“噢，我的上帝啊！”——他的安慰者还有几条理由没说出口呢。

“那么是他杀了她。”威尔逊说。他的嘴巴突然张得老大。

“谁杀了她？”

“我有办法打听出来。”

“你在胡思乱想，乔治。”他的朋友说，“这事给你很大的压力，你都不知道你在说什么了。还是安安静静地坐下来，等天亮再说吧。”

“他谋杀了她。”

“那是个意外,乔治。”

威尔逊摇了摇头。他的眼睛眯成一条缝,嘴巴微微张开,隐隐约约权威般地“哼!”了一声。

“我知道。”他肯定地说,“我这个人总是容易相信别人,从来不怀疑哪个有鬼,但是一件事只要我弄明白了,那就错不了。是车子里那个男人。她跑过去想跟他说话,但是他不肯停。”

米凯利斯当时也看到了这一点,但是并没想到其中还有什么特殊的意义。他认为威尔逊太太只是从她丈夫那里跑开,而不是想拦住某辆特定的汽车。

“她怎么会弄成那个样子?”

“她心思深。”威尔逊说,好像这就回答了问题,“啊——哟——”

他又摇晃起来,米凯利斯站在那儿扭着手里的狗链。

“也许你有什么朋友我可以打电话请来帮帮忙,乔治?”

这个希望很渺茫——他几乎可以肯定威尔逊一个朋友也没有,他连老婆都应付不了。过了一小会儿,他高兴地看到屋子里起了变化,窗户渐渐透出蓝色,知道天很快就要亮了。五点左右,外面天色更蓝,屋里的灯可以关掉了。

威尔逊呆滞的目光转向那些灰堆,那儿几朵小小的灰云呈现怪诞的形状,在黎明的微风中四处流窜。

“我跟她谈了。”他沉默了半天才讷讷地说,“我告诉她,她骗得了我,但是骗不了上帝。我把她带到窗口,”——他费劲地站起来,走到后窗前,把脸紧贴在上面——“然后我说:‘上帝知道你在干什么,你干的每一件事。你骗得了我,但你骗不了上帝!’”

米凯利斯站在他背后,吃惊地发现他正看着T. J. 埃克尔堡医生的眼睛。那眼睛刚刚从正在消融的夜幕中显现出来,暗淡而又硕大。

“上帝看见一切。”威尔逊重复道。

“那是一幅广告。”米凯利斯确切地告诉他。不知何故,他从窗口转过身来,眼光回到了屋子里。但是威尔逊在那里站了很长时间,脸贴近窗玻璃,对着熹微的晨光频频点头。

到了六点钟,米凯利斯已经疲惫不堪,听到外面一辆车子停下的声音,心里好生感激。来人也是昨晚帮着守夜的一位,答应了要回来的,于是他做了三个人的早饭,结果是他和那人一同吃掉的。威尔逊现在安静些了,米凯利斯便回家睡觉去;过了四小时,他醒来后急忙跑回车行,可是威尔逊已经不见了。

他的足迹——他始终是步行的——事后查明是先到了罗斯福港,然后又到迦得山,他在那里买了一块三明治却没有吃,还买了一杯咖啡。他一定是累了,步子很慢,因为他一直走到中午才到迦得山。至此,解释清楚他何时在何地并不困难——有几个男孩看见过一个“疯疯癫癫”的男人,还有些开车的记得他在路边神情古怪地盯着他们看。随后三个小时他踪影全无。警察依据他对米凯利斯说的话,即说他“有办法打听出来”,推测那段时间他在一家家走访那一带的车行,打听一辆黄色汽车。但另一方面,始终没有哪家车行的人站出来说见过他,也许他有更容易、更可靠的办法打听出他想知道的事情。到下午两点半，他人就在西蛋，还找人问了去盖茨比家的路。所以那时候他已经知道盖茨比的名字了。

下午两点钟，盖茨比穿上游泳衣，留话给管家说如果有人打电话来，就到游泳池给他报个信。他先到车库去拿一个充气垫子——那是夏天供客人们玩乐的，司机帮他把垫子打足了气。然后他吩咐司机任何情况下都不能把那辆敞篷车开出去——这点很奇怪，因为前面右边的挡泥板需要修理。

盖茨比扛起垫子朝游泳池走去。途中他还停下来稍微调整了一下位置，司机问他需不需要帮忙，但他摇了摇头，不一会儿就消失在正在转黄的树林之中。

始终没有电话打过来，但是管家继续等着，午觉也没睡，一直等到四点——到那时即使有电话来，也早就没有可以传信给他的人了。我现在有个猜想，盖茨比自己并不相信会有电话来，也许他已经不在意了。如果真的是这样，他一定感觉到他已经失去了从前那个温暖的世界，感觉到因为怀抱一个梦想太久而付出了高昂的代价。他一定透过令人惊惧的树叶仰视过一片陌生的天空，而发觉玫瑰花是多么怪诞的东西，阳光照在新露头的小草上又是多么野蛮时，他一定浑身战栗。他看到了一个新的世界，具体却并不真实，这里可怜的幽灵们呼吸着梦想，像呼吸空气一样，它们随机地四处飘荡……就如那个诡异的灰白色身影，穿过无定形的树丛向他悄悄靠近。

那个司机——他是沃尔夫山姆的一个跟班——听到了几声枪响，事后他只能说他当时并没有十分在意。我从火车站直接开车去了盖茨比家，心急火燎地直冲上前门的台阶，屋里的人见状这才紧张起来。但他们当时肯定是知道的，我坚信。几乎没说一句话，我们四人，司机、管家、园丁和我，急匆匆朝游泳池奔去。

清流从一端注入，往另一端的排水管推拥而去，池里的水因而有了一种轻微得几乎不能察觉的移动。随着水上细微的涟漪——算不上是波涛的影子[①]，那只负重的垫子在池中散漫地漂着。一股勉强吹皱水面的微风，就已足够扰乱它载着意外负荷的意外航程。它在一簇落叶的触碰下慢慢旋转，仿佛圆规的脚，追踪着水中一道细细的红色圆圈。

我们抬起盖茨比刚要朝房子走去，园丁就在不远处的草丛里看见威尔逊的尸体，于是这场血祭完结了。

---

① 苏必利尔湖的大风与波涛见证了盖兹的死亡和盖茨比的诞生，而游泳池的微风和涟漪也预示着盖茨比的终结和向盖兹的回归。

第九章

两年过去了，我回想那天余下的时间、那天晚上以及第二天，只记得一批批警察、摄影师和新闻记者无休无止地进出于盖茨比家的前门。当街的正门横拉了一根绳子，由一名警察守着，拦住好奇的人，但是一些小男孩很快就发现可以从我的院子里绕进去，所以游泳池边总是聚集着几个孩子，嘴巴都张得老大。有个自信心爆棚的人，也许是侦探吧，那天下午弯腰检视威尔逊的尸体时随口说了声“疯子”，结果他的权威口气就为第二天早上的新闻报道定下了基调。

大多数报道简直就是一场噩梦——怪诞离奇，捕风捉影，急不可耐，而且乖离事实。米凯利斯接受问讯时的证词透露了威尔逊对妻子的怀疑，于是我以为整个故事不久就会被大肆炒作成麻辣鲜香的桃色事件——但是凯瑟琳，都以为她会爆出大料的，却一个字也没说。她更是表现出了惊人的勇气——描过的眉毛下边一双坚定的眼睛看着验尸官，一口咬定她姐姐从未见过盖茨比，姐姐跟丈夫生活得非常幸福，也从来没有过任何不端行为。她说得自己都信以为真了，拿起手帕捂着脸哭了起来，好像仅仅暗示这种事情都令她忍受不了。如此一来，威尔逊就被归结成一个“悲伤过度而精神错乱”的人,以便案情能够保持简单明了。案子也就这么结了。

然而对我来说,事情的这一部分似乎整个都是遥远而无关紧要的。我发现自己站在盖茨比一边,而且独自一人。从我打电话到西蛋村报告惨案的那一刻起,每一个关于他的揣测、每一个实际的问题,都找到我这里。起初,我既惊讶又迷惑;后来,随着时间一小时一小时地过去,他依然躺在他的房子里,不动,不呼吸,更不说话,我渐渐感觉到我要负起责任来,因为没有任何人感兴趣——感兴趣,我的意思是说,表现出那种强烈的个人关切,这是每个人身后或多或少都有权利得到的。

我们发现他的尸体之后半个小时,我给黛茜打了电话,通知她是出于本能而绝无迟疑的。但是她和汤姆那天午后不久就出门了,还随身带了行李。

“没留下地址吗?”

“没有。”

“说了什么时候回来吗?”

“没有。”

“知道他们在哪里吗?我怎样才能联系上他们?”

“我不知道。不好说。”

我想给他找个人来。我想走进他躺着的那间屋子里,安慰他说:“我一定给你找个人来,盖茨比。不要着急。相信我好了,我一定给你找个人——”

迈尔·沃尔夫山姆的名字不在电话簿里。管家把他在百老汇的办公室地址给了我,于是我打电话到问讯处查询,可是等我拿到号码时早已过了五点,打过去没有人接了。

“请你再摇一次好吗?”

“已经摇过三次了。”

“有非常重要的事。”

“对不起。那边恐怕没人了。”

我回到客厅，只见里面突然挤得满满当当的，我一时还以为只是些不速之客，原来这些人全都是官方人员。然而，尽管他们掀开被单，用震惊的眼光看着盖茨比，他的抗议却依然回响在我脑子里：

“我说，老伙计，你一定得给我找个人来。你一定得想想办法。我一个人扛不过去了。”

有人开始问我问题，但我摆脱了，转身跑到楼上，匆匆忙忙翻检了一下他的书桌没上锁的抽屉——他从来没有明确跟我说过他的父母已经死了。但是我什么也找不到——只有丹·科迪那张照片，那被人遗忘的狂暴的象征，从墙上凝视着下边。

第二天早晨我派管家到纽约带信给沃尔夫山姆，向他询问一些信息，并恳请他务必搭乘下一趟火车过来。写下这个请求的时候，我觉得似乎多此一举。我相信他看到报纸便会立刻赶来，正如我相信中午以前黛茜定会发来电报一样——然而电报没来，沃尔夫山姆先生也没来；什么都没来，来的只是更多的警察、摄影师和新闻记者。等管家带回沃尔夫山姆的回复，我开始有了一种叛逆的感觉，一种与盖茨比团结一致、傲然鄙视他们所有人的感觉。

亲爱的卡拉维先生。这是我一生中听到的最令人震惊的消息，我几乎不敢相信它竟然是真的。那个人的这种疯狂行为应当引起大家深思。我现在不能前来，因为我正忙于一桩非常重要的业务，目前也不能牵扯进这件事情。过些时候如果有我可以效劳的地方，请派埃德加送信告知。听到这样的事情，我几乎不能自持，被悲痛完全击垮了。

您的诚挚的
迈尔·沃尔夫山姆

随后又在下面匆匆附笔：

请告知丧礼等事项根本不认识他家里人。

那天下午电话铃响，长途电话局说是芝加哥来的，我想这总该是黛茜了吧。但是等接通了，却是一个男人的声音，非常纤细而又遥远。

“这儿是斯莱格……”

“喂？”这名字很陌生。

“事情不妙啊，对吧？收到电报了吗？”

“没收到什么电报。”

“小帕克惹上麻烦了。”他急急地说，“他在柜台递上债券的时候被他们逮住了。他们五分钟前刚收到一份纽约来的传阅文件，知道了债券号码。嘿，这种事你想得到吗？你怎么能料到在这种乡下小地方——”

“喂！喂！”我气喘吁吁地打断了他，“听我说——我不是盖茨比先生。盖茨比先生死了。”

电话那端沉默了很久，接着是 声惊叫……然后咔嗒一声电话就挂断了。

我想是在第三天，一封署名亨利·C. 盖兹的电报从明尼苏达州一个小镇发来。电报上只说了发报人马上就要动身，请求推迟葬礼，等他到来。

来的是盖茨比的父亲，一个神情严肃的老人，非常之无助而惶恐，在这个暖和的九月天，他却裹上了一件廉价的阿尔斯特大衣。他的眼睛一直流露着激动，我从他手里接过旅行包和雨伞时，他开始不停地拉扯他那稀疏的灰白胡子，我费了好一番力气才帮他脱下大衣。他人已累得快要崩溃了，于是我把他领进音乐室，安排他坐下，一面叫人去拿点吃的过来。但是他不肯吃东西，那杯牛奶也在他发抖的手里洒了出来。

"我在芝加哥报纸上看到消息的。"他说，"全都登在芝加哥报纸上。我马上就动身了。"

"我不知道怎么找到您。"

他的眼睛一片茫然的样子，不停地四下打量这间屋子。

"那是个疯子。"他说，"那人一定是疯了。"

"您不想来杯咖啡吗？"我劝他。

"我什么都不要。我现在好了，先生是——"

"卡拉维。"

"呃，我现在好了。他们把杰米放在哪儿了？"

我把他领进客厅，那是停放他儿子的地方，然后把他留在那里。有几个小男孩已经爬上台阶，正往门厅里张望；等我告诉他们是谁来了，他们这才不情愿地走开。

过了一小会儿，盖兹先生开门走了出来，他嘴巴张着，脸微微发红，眼里流下几颗孤独而迟到的老泪。他已经到了这样的年纪，早已不觉得死亡是一件可怕的意外；此时他第一次环顾四周，看见门厅如此富丽堂皇，从这儿展开一间间大屋子，又通往别的屋子，于是他的悲伤又混合了一层畏怯的骄傲。我把他扶到楼上一间卧室；趁他脱掉上衣和背心的时候，我告诉他一切安排都已推迟到他来。

“我不知道您打算怎么办，盖茨比先生——”

“我姓盖兹。”

“——盖兹先生。我想您也许要把遗体运回西部。”

他摇了摇头。

“杰米一直都很喜欢东部。他这个地位也是在东部挣到的。你是我儿子的朋友吗，先生——？”

“我们是亲密的朋友。”

“他是很有前途的，你知道。他只是个年轻人，但是头脑特别聪明。”

他郑重其事地用手碰碰脑袋，我也点了点头。

“他要是活着，将来会是个大人物。詹姆斯·J. 希尔[①]那样的人。他会帮助建设国家的。”

“确实是的。”我说，感觉不大自在。

他笨手笨脚地摸索着绣花床罩，要把它从床上弄走，然后直挺挺地躺下来——立刻就睡着了。

那天晚上，一个明显受了惊吓的人打电话来，一定要问清我是谁才肯自报姓名。

---

① 詹姆斯·J. 希尔（James J. Hill，1838—1916），美国铁路大王。

"我是卡拉维先生。"我说。

"噢!"他听着似乎放了心。"我是克利普斯普林格。"

我也感到宽慰,因为这似乎意味着盖茨比的墓前又多了一个朋友。我不愿意把出殡的消息登报,怕引来一大堆看热闹的人,所以这两天我就自己打电话通知几个人。他们很难找到。

"葬礼明天举行。"我说,"下午三点,就在他的房子里。不管谁有意参加,都希望你转告。"

"哦,会的。"他匆忙应了一声,"当然我不大可能碰到什么人,不过碰到的话我会的。"

他的语气让我起了疑心。

"你自己当然是要来的。"

"呃,我肯定会尽力。我打电话是为了——"

"等一下。"我打断他的话,"先说定你要来怎么样?"

"呃,实话说——这事嘛说实话,我这会儿待在格林威治村一些朋友这里,他们想要我明天陪着一起玩。确切地说,明天要去野餐什么的。当然我会尽可能溜出来。"

我忍不住叫了一声"呵!",他想必听到了,因为他很是紧张地接着说:

"我打电话是为了留在那儿的一双鞋。不知道请你让管家给我寄过来会不会太麻烦。你瞧,那是双网球鞋,我离了它简直没办法。我的转交地址是B. F. ——"

我没有听到名字的余下部分,因为我把听筒挂掉了。

那以后我就为盖茨比感到某种耻辱——有一位绅士,我电话打过去,竟然话里暗示他这是活该。不过,那是我的错,因为当初那些喝足了盖茨比的酒,却仗着酒勇最辛辣地讥笑盖茨比的客人中就有他,我根本不应该给他打电话的。

出殡那天上午,我直接上纽约去找迈尔·沃尔夫山姆;似乎用任何别的办法都找不到他。在电梯工的指点下,我推开一扇标有“万字控股公司”的门,乍一看里面好像没有什么人。但是,在我白费力气地高喊了几声“喂!”之后,一块隔板后面突然传出争辩的声音,接着一个漂亮的犹太女人出现在里面一个门口,黑眼睛充满敌意地上下打量我。

“没人。”她说,“沃尔夫山姆先生去芝加哥了。”

这前一句显然是撒谎,因为里面有人开始用口哨不成调地吹起了《玫瑰经》[①]。

“请告诉他卡拉维先生要见他。”

“我又不能把他从芝加哥叫回来,对吧?”

正在这时,一个声音,无疑就是沃尔夫山姆的,从门的另一边喊了一声:“斯特拉!”

“你把名字留在桌子上。”她很快地说,“他回来我就给他。”

“可我知道他就在里面。”

她冲我面前跨上一步,两手愤怒地上下搓动着臀部。

“你们这些年轻人以为随时可以闯进这儿来。”她责骂道,“我们简直烦透了。我说他在芝加哥,他就在芝加哥。”

---

① 《玫瑰经》(“The Rosary”),1920年代流行的天主教歌曲。沃尔夫山姆是犹太人,写他吹这首歌是有意反讽。

我提了一下盖茨比。

“哦——！”她又打量了我一番。“请你稍——你叫什么来着？”

她消失不见了。很快，迈尔·沃尔夫山姆就神色凝重地站在门口，两只手都伸了出来。他把我引进办公室，一边用恭敬的口吻说着这个时刻我们大家都十分悲伤，然后递给我一支雪茄。

“我还记得第一次遇见他的时候。”他说，“一个年轻少校，刚刚退役，胸前挂满了战场上赢得的勋章。他那时穷得很，连普通的衣服都买不起，只好一直穿着军装。我第一次见到他是在四十三街的维尼布伦纳台球屋，他走进来找活干。他已经一两天没吃东西了。‘来吧，跟我一起吃午餐去。’我说。他半个小时吃掉了四块多钱的食物。”

“是你帮他创业的吧？”我问。

“岂止帮他！我一手造就了他。”

“噢。”

“我是把他从零培养起来的，直接从阴沟里扶植的。我一眼看出他这个年轻人相貌英俊、彬彬有礼，等他告诉我他上过扭津[1]，我就知道他可以重用。我让他加入美国退伍军人协会，他在那里有一阵子地位很高。他一来就跑去奥尔巴尼为我的一个客户办了件事。我们做任何事情都亲密无间，就像这样，”——他竖起两根肥大的指头——“总在一起。”

我心里纳闷，这种伙伴关系是不是也涵盖了一九一九年世界棒球联赛那场幕后交易。

---

① 见第72页注释。

“现在他死了。”过了片刻我说，“你是他最知己的朋友，我知道今天下午你一定想来参加他的葬礼。”

“我很想来。”

“好啊，那就来吧。”

他鼻孔里的毛微微颤动着，他摇头的时候，眼里噙满了泪水。

“我不能来——我不能牵扯进这件事。”他说。

“哪有什么可以牵扯进的事。现在都过去了。”

“但凡出了人命案子，我总是不愿意扯上任何瓜葛。我不介入。我年轻的时候就不同了——如果一个朋友丢了性命，无论如何，我都是要一路帮忙到底的。你也许会认为那太感情用事，但我是认真的——一路拼到最后。”

看得出来，出于他个人的某种原因，他已经决意不来了，于是我站起身。

“你上过大学吗？”他突然问道。

我一时还以为他想要跟我拉点什么“关系”，然而他只是点点头，握了握我的手。

“让我们学会在一个人活着的时候表达友情，而不是等他死了以后。”他建议道，“人死以后，我个人的原则是一切放手。”

我离开他办公室的时候，天色已变得晦暗，我在蒙蒙细雨中回到了西蛋。我换了身衣服就到隔壁去，只见盖兹先生兴奋地在门厅里走来走去。他对他儿子和他儿子的财产越来越感到自豪，现在他有一样东西要给我看。

“杰米寄给我的这张照片。”他哆嗦着手指掏出钱包。“你瞧。”

那是这座房子的照片，四个角都破了，给很多手摸过而有些污损。他热切地把每一个细节指给我看。“你瞧！”随即看着我的眼睛，搜求赞赏的意思。他逢人就拿出来夸耀，我想如今在他眼里它比房子本身还要真实。

“杰米寄给我的。我觉得这张照片非常好看。照得很清楚。”

“很好。您近来见过他吗？”

“他两年前回去看过我一次，给我买了房子，我现在住着哪。当然，他从家里跑掉的时候我们闹翻了，但是我现在明白他是有道理的。他知道他的前途远大。他发了财以后对我一直很大方。”

他似乎不愿意把那张照片收起来，在我眼前又磨磨蹭蹭地拿了一会儿。然后他把钱包放回去，又从口袋里掏出一本破破烂烂的旧书，书名叫作《牛仔卡西迪》[①]。

“你瞧，这本书是他小时候看的。难怪呢。”

他把书的封底翻开，掉转过来让我看。最后的空白页上端正地写着“时间表”几个字和一九〇六年九月十二日的日期。下面写着：

起床	上午	6:00
哑铃体操及攀墙	“	6:15—6:30
学习电学等	“	7:15—8:15
工作	“	8:30—4:30
棒球及其他运动	下午	4:30—5:00
练习演说、仪态及如何养成	“	5:00—6:00
学习有用的新发明	晚上	7:00—9:00

① 美国作家克拉伦斯·E. 马尔福德（Clarence E. Mulford, 1883—1956）创作了一系列以牛仔卡西迪（Hopalong Cassidy）为主角的小说。

个 人 决 心

不要把时间浪费在沙夫特酒吧或[一个店名,无法辨认]

不再吸烟或嚼烟

隔天洗澡

每周读一本有益的书或杂志

每周存五美元[划掉]三美元

对父母好点

"我是无意中发现这本书的。"老人说,"难怪呢,是不是?"

"难怪。"

"杰米注定是要出人头地的。他总是在一些事上下定决心,就像这个或什么的。你注意到为了提升才智他是怎么做的吗?他在这方面总是很有办法。有一次他说我吃饭像头猪,我还把他揍了一顿。"

他舍不得把书合上,又逐条大声念了一遍,然后眼巴巴地看着我。我想他恨不得我把那单子抄下来留给自己用。

快到三点的时候,路德教会的牧师从法拉盛来了,我开始不由自主地向窗外张望,看有没有别的车子来。盖茨比的父亲也是一样。时间一分一秒过去,用人都走了进来站在门厅等候,于是他开始焦急起来,两眼直眨,又忧虑而没把握地说起外面的雨来。牧师看了好几次表,我只好把他拉到一旁,请他再等半个小时。但是毫无用处。没有人来。

五点钟左右，我们三辆车的队伍到达墓地，在绵密的细雨中停在了大门旁边——第一辆是灵车，可怕地又黑又湿，随后盖兹先生、牧师和我同坐一辆大型轿车，再后面一点，四五个用人和西蛋的邮差坐着盖茨比的旅行车，全都淋得浑身透湿。我们正要穿过大门走进墓地，我听见停车的声音，随后是一阵脚步声，有人踏着湿透的草地从后面追了上来。我回头一看，原来是那个戴猫头鹰眼镜的人，三个月前的一天晚上我发现他对着盖茨比图书室里的书惊叹不已。

从那以后我就再没见过他。我不知道他是怎么知晓今天的葬礼的，甚至不知道他的名字。雨水顺着他的厚眼镜流下来，于是他摘下眼镜擦一擦，看着工人把盖茨比坟上那块遮雨的帆布卷起来。

那时我一度想要回忆一下盖茨比的，但是他已经离得太远了，我只记得黛茜没有发来一个字，连一朵花也没有，然而我并不怨愤。我隐约听到有人喃喃念道“雨中的逝者有福了”[1]，接着那个戴猫头鹰眼镜的人用洪亮的声音说了一声：“阿门！”

我们在雨中零零散散地朝车子快步走去。到大门边时，猫头鹰眼镜跟我说了几句话。

“我没能赶到他家去。”他说。

“别人也都没能来。”

“不会吧！”他大吃一惊。“啊，我的上帝！他们过去一来就是好几百。”

---

① 这一句见于英国诗人爱德华·托马斯（Edward Thomas，1878—1917）的战地诗作《雨》（“Rain”）。诗人1915年应征入伍参加第一次世界大战，1916年在战壕里写下这首诗，1917年在阿拉斯战役中阵亡。

他把眼镜摘下来，里里外外又都擦了一遍。

“这狗娘养的真可怜。”他说。

我的记忆中最鲜活的一幕，就是圣诞节期间从预备学校，以及后来从大学回到西部的情景。那些去往比芝加哥更远的地方的同学，会在十二月某个傍晚的六点钟聚集在幽暗的老联合车站，而几个家在芝加哥的朋友，早已沐浴在节日欢娱的气氛中了，来向他们匆匆道别。我记得从某某私立女校回来的女孩子们的毛皮大衣，记得口中呼着白气的喋喋不休，记得我们看见老熟人时举过头顶挥舞的双手，记得大家互相比对聚会邀请：“你要去奥德威家吗？赫西家呢？舒尔茨家呢？”记得我们戴着手套紧紧攥着长条形的绿色车票。最后还记得芝加哥—密尔沃基—圣保罗[①]铁路的黄色车厢朦朦胧胧地停在月台入口旁的轨道上，看上去就像圣诞节本身一样欢快。

火车慢慢启动，驶入冬天的寒夜，于是真正的雪、我们的雪，开始向两边铺展开来，对着车窗闪烁，而后威斯康星州的小车站昏暗的灯光也都一路掠过，这时空气中突然进来一股尖利狂野的寒气。我们吃过晚餐回座位时，穿过车厢之间寒冷的通廊，不禁深深地吸了几口这股寒气，于是在这奇异的一个小时中，我们难以言表地体会到对这片乡土无法割舍的认同，而不久我们又要不留痕迹地融入其中了。

那就是我的中西部——不是麦田，不是草原，也不是瑞典移民的荒凉村镇，而是我青年时代叫人紧张激动的回乡火车，是寒夜里街头的灯光和雪橇

① 这里的圣保罗（Saint Paul）是明尼苏达州首府。

的铃声，是圣诞冬青花环被窗内灯火映在雪地上的影子。我是那里的一部分，有一点点严肃，那是漫长的冬天养成的性情，又有一点点自满，那是从小在卡拉维公馆长大的缘故——在我们那座城市，住宅依然世世代代被称为某姓的公馆。我现在才明白这终究还是一个西部故事——汤姆与盖茨比，黛茜、乔丹和我，都是西部人，也许我们都带有某种共同的缺陷，令我们微妙地不能适应东部的生活。

即使在东部最令我兴奋的时候，即使我最深切地意识到，比起俄亥俄河以西那些无聊、散乱而臃肿的城镇，那些只有孩子和老人可以免于无止无休的闲话和窥探的城镇，东部具有无比的优越性——即使在那种时候，我也总觉得东部的生活有一些扭曲。尤其是西蛋，它每每出现在我的奇异的梦里。在梦中我看见这个村子就像埃尔·格列柯[①]画笔下的一幅夜景：上百所房屋，寻常却又怪诞，蜷伏在阴沉压抑的天空和暗淡无光的月亮之下。前景是四个面色肃穆的男人，都穿着礼服，抬着一副担架走在人行道上，上面躺着一个醉酒的女人，身上裹着白色的晚礼服。她的一只手悬垂在担架外边，闪着珠宝的冷光。那几个男人阴森地拐进一座房子——却走错了地方。但是没有人知道这个女人的名字，也没人在意。

盖茨比死后，东部在我心目中就是这样鬼影幢幢，扭曲到我的眼睛无法矫正的程度。于是，在焚烧枯叶的蓝烟弥漫空中、寒风把晾衣绳上洗好的湿

---

① 埃尔·格列柯（El Greco，1541—1614），西班牙文艺复兴时期画家、雕塑家和建筑家，希腊人，本名多米尼克·提托克波洛斯。画家用色以怪异梦幻著称，容易让人联想到盖茨比“蓝色草坪”的奇异色彩；他喜欢拉长人物，使之哥特式地向天堂伸展，而盖茨比也为他的柏拉图式理想孜孜以求；他所画的人物似乎都有内部光源，而盖茨比也正是光的化身。

衣服吹得硬邦邦的时节,我决定回家去。

我离开之前还有一件事要处理,这是一件尴尬、不愉快的事,也许最好不了了之,但是我希望把一切收拾干净,而不只是扔给那个乐于相助而又无情无尽的大海,让它来把我的垃圾冲走。我去见了乔丹·贝克,把我们两人共同经历的事情又前前后后弯弯绕绕地谈了一次,还谈到了我后来的遭遇,她只是躺在一把大椅子里静静地听着,一动也不动。

她穿了一身高尔夫球装,我记得当时还在想她很像一幅漂亮的插图,她的下巴得意地微微翘起,头发是秋叶的颜色,她的脸和放在膝盖上的无指手套是同一个棕褐色调。等我讲完之后,她没做任何评论,只是告诉我她跟另外一个男人订了婚。我疑心并非如此,尽管是有那么几个人只要她一点头就可以跟她结婚的,不过我还是假装表示惊讶。一时间我不知道自己是不是正在犯错误,随即我飞快地重新考虑了一番,然后站起身来向她告辞。

"不管怎样,是你甩了我的。"乔丹突然说道,"你那天在电话里把我甩掉的。我现在是不在乎你了,不过当时对我来说是个新体验,我好一阵子都有点晕头转向的。"

我们握了握手。

"噢,那你还记得"——她又加了一句——"我们有过一次关于开车的谈话?"

"啊——记不太清了。"

"你不是说,一个开车大意的人只要还没碰上另一个开车大意的人,就是安全的吗?你看,我碰上另一个开车大意的人了,不是吗?我是说,是我不小心看错了人。我以为你是一个相当诚实、坦率的人。我以为那是你暗暗引以为荣的。”

“我三十岁了。”我说，“要是还年轻五岁，也许还可以欺骗自己，称之为荣耀。”

她没有回答。我心里很是气恼，对她还带着几分留恋，满怀极大的遗憾，就这样转身离开了。

十月底的一天下午，我又碰到了汤姆·布坎南。他正沿着第五大道走在我前面，还是那样机警和盛气凌人，两手微微张离他的身体，好像准备击退对方的干扰似的，同时头忽左忽右地快速转动，配合着他那双躁动不安的眼睛。我正要放慢脚步，免得赶上他，他停了下来，皱着眉头往一家珠宝店的橱窗里看。他突然看见了我，于是回走几步，伸出手来。

“你怎么了，尼克？拒绝跟我握手吗？”

“是的。你知道我对你的看法。”

“你疯了，尼克。”他急忙说道，“彻底疯了。我不知道你到底怎么了。”

“汤姆，”我究问道，“那天下午你跟威尔逊说了什么？”

他直直地瞪着我，一言不发，于是我知道关于威尔逊消失的那几个小时，我的猜测是对的。我转身就要走开，但他紧跟上来，一把抓住我的胳臂。

“我对他说了实话。”他说，“我们正在收拾东西准备离开，他跑到门口来了，我让人传话下去说我们不在家，他就想硬闯到楼上来。他已经红了眼，如果我不告诉他那辆车是谁的，他肯定把我宰了。在我家的时候，他的手一直摸着口袋里的左轮手枪——”他突然打住，态度强硬起来。“我就告诉了他又怎么样？那家伙是自找的。他往你眼睛里撒灰尘[①]把你蒙骗了，就跟他蒙骗黛茜一样，其实他是个铁石心肠的家伙。他碾过茉特尔就像碾过一条狗，车子连停都不带停一下的。”

我没什么可说的，除了这个无法言表的事实：事情不是这样的。

“你不要以为我一点痛苦没有——告诉你，我去退掉那套公寓时，看见那盒该死的狗饼干还放在餐具柜上，我就忍不住坐下来，哭得像个小娃娃。我的天，这太可怕了——”

我无法原谅他或者喜欢他，但是我可以看到，他所做的事情在他眼里完全是正当有理的。他的做法整个非常粗疏冷漠而又混乱不堪。汤姆和黛茜，他们都是粗疏冷漠的人——他们横冲直撞，捣毁了一切，然后龟缩到他们的金钱或者无尽的粗疏冷漠，或者不管什么把他们维系在一起的东西之中，让别人去收拾他们留下的烂摊子……

我跟他握了握手；不肯握手显得有点傻气，因为我突然觉得仿佛是在跟一个小孩子说话。随后他走进那家珠宝店去买一串珍珠项链——或许只是一副袖扣——就此永远摆脱了我这个乡下佬的大惊小怪。

我离开的时候，盖茨比的房子仍然空着——草坪上的草长得跟我家的一样深了。村里一个出租汽车司机载了客人经过入口大门时，每次都要停一下，对着里面指指点点；也许出事的那天夜里，就是他开车送黛茜和盖茨比去的东蛋，也许他已经编好了一个与众不同的故事。我不想听那个故事，

---

① “往眼睛里撒灰尘”在英语中是误导蒙骗的意思。汤姆说盖茨比撒灰尘，其实汤姆和黛茜才是“猎食盖茨比”的“污浊的灰尘”，见第一章。

所以我下了火车总是避开他。

星期六晚上我都在纽约度过，因为盖茨比那些流光溢彩、眼花缭乱的晚会我还记忆犹新，我仍然可以听到隐约而持续的音乐和笑声从他的花园里飘过来，听到汽车在他的车道上来来去去。一天晚上，我确实听见那儿真来了一辆汽车，看见车灯照在门前的台阶上。但是我并没有过去探问。也许是哪位最后的客人，刚从天涯海角归来，还不知道晚会早已收场。

最后那个晚上，行李已经收拾停当，车子也卖给了杂货店老板，我走过去再看一眼那座房子，它象征着巨大而不自洽的失败。白色的台阶上，不知是哪个男孩用砖头画上了一个肮脏字眼，在月光下显得格外扎眼，于是我把它擦掉，鞋子在石头上蹭得沙沙作响。之后我又漫步到海边，仰天躺在沙滩上。

那些大的海滨场所现在大多已经关闭，四周几乎没有灯火，除了海湾上一艘渡船昏暗的微光还在移动。随着月亮渐渐升高，那些无关紧要的房屋开始慢慢消融，于是我逐渐意识到这就是当年令荷兰水手眼睛为之一亮的古老岛岸——新世界一片清新、碧绿的胸脯。它那些消失的树木，那些为建造盖茨比的大宅而砍伐掉的树木，曾经沙沙低语，迎合着人类最终也是最伟大的梦想；在那电光石火般的神妙瞬间，人面对着这片大陆一定是屏息惊异，不由自主地沉入一种自己既不理解也不渴求的美学冥想之中，在历史上最后一次目睹令他叹为观止的奇景。

我坐在那里追想那个古老、未知的世界的同时，我也在想盖茨比第一次认出黛茜家码头尽处的绿灯时，一定也是惊奇不已。他走过漫长的旅程才来到这片蓝色的草坪，他的梦想一定显得近在眼前，几乎不可能抓不住。殊不知那个梦想已经落在了他的身后,落在了这座城市之外那一片无尽的茫茫之中,那里,合众国幽黑的田野在夜空下滚滚延展。

盖茨比信奉这盏绿灯,信奉在我们眼前一年年往后退去的极乐的未来。我们从前没能抓住它,但是没有关系——明天我们会跑得更快,双臂会伸张得更开……总有一个明媚的早晨——

于是我们继续奋桨,小舟逆流竞上,被无休无止的浪潮带入过往。

经典译林

Yilin Classics

书名	单价	书名	单价
癌症楼	78.00 元	艾青诗集	35.00 元
爱的教育	39.00 元	爱丽丝漫游奇境	29.00 元
安娜·卡列尼娜	65.00 元	安徒生童话选集	42.00 元
傲慢与偏见	36.00 元	奥德赛	92.00 元
八十天环游地球	32.00 元	巴黎圣母院	42.00 元
白洋淀纪事	39.00 元	百万英镑	35.00 元
包法利夫人	38.00 元	悲惨世界（上、下）	98.00 元
背影	28.00 元	被侮辱与被损害的人	39.00 元
边城	36.00 元	变色龙：契诃夫中短篇小说集	39.00 元
变形记 城堡	38.00 元	草叶集：惠特曼诗选	39.00 元
茶馆	32.00 元	茶花女	35.00 元
查拉图斯特拉如是说	38.00 元	沉思录	29.00 元
城南旧事	29.00 元	大卫·科波菲尔（上、下）	79.00 元
当代英雄	45.00 元	稻草人	29.00 元
地心游记	32.00 元	飞鸟集·新月集：泰戈尔诗选	39.00 元
飞向太空港	39.00 元	福尔摩斯探案集	58.00 元
复活	42.00 元	傅雷家书	49.00 元
富兰克林自传	36.00 元	钢铁是怎样炼成的	39.00 元
高老头	39.00 元	格列佛游记	35.00 元
格林童话全集	49.00 元	给青年的十二封信	38.00 元

书名	单价	书名	单价
古希腊悲剧喜剧集（上、下）	118.00 元	海底两万里	38.00 元
红楼梦	69.00 元	红与黑	49.00 元
呼兰河传	35.00 元	呼啸山庄	39.00 元
基督山伯爵（上、下）	108.00 元	纪伯伦散文诗经典	42.00 元
寂静的春天	35.00 元	假如给我三天光明	32.00 元
简·爱	39.00 元	金银岛	35.00 元
经典常谈	29.00 元	荆棘鸟	45.00 元
静静的顿河	128.00 元	镜花缘	49.00 元
局外人·鼠疫	38.00 元	菊与刀	35.00 元
克雷洛夫寓言	32.00 元	宽容	32.00 元
昆虫记	39.00 元	老人与海	32.00 元
理想国	45.00 元	聊斋志异	55.00 元
了不起的盖茨比	38.00 元	列那狐的故事	39.00 元
猎人笔记	38.00 元	林肯传	39.00 元
鲁滨逊漂流记	39.00 元	鲁迅杂文选集	36.00 元
绿山墙的安妮	36.00 元	罗马神话	16.80 元
罗生门	39.00 元	骆驼祥子	32.00 元
美丽新世界	35.00 元	名人传	39.00 元
拿破仑传	49.00 元	呐喊	29.00 元
牛虻	38.00 元	欧·亨利短篇小说选	36.00 元
欧也妮·葛朗台	32.00 元	彷徨	32.00 元
培根随笔全集	38.00 元	飘（上、下）	88.00 元
普希金诗选	42.00 元	骑鹅旅行记	36.00 元
乞力马扎罗的雪	39.80 元	热爱生命·海狼	38.00 元

书名	单价	书名	单价
人间草木：汪曾祺散文精选	49.00 元	人类群星闪耀时	36.00 元
人性的弱点	39.00 元	日瓦戈医生	68.00 元
儒林外史	42.00 元	三个火枪手	59.00 元
三国演义	59.00 元	沙乡年鉴	42.00 元
莎士比亚喜剧悲剧集	49.00 元	少年维特的烦恼	28.00 元
神秘岛	48.00 元	神曲（共三册）	128.00 元
十日谈	68.00 元	世说新语（上、下）	89.00 元
双城记	45.00 元	水浒传	69.00 元
四世同堂（上、下）	78.00 元	苔丝	39.00 元
谈美	35.00 元	谈美书简	36.00 元
汤姆·索亚历险记	32.00 元	汤姆叔叔的小屋	45.00 元
唐诗三百首	39.00 元	堂吉诃德	78.00 元
天方夜谭	42.00 元	童年	38.00 元
童年·在人间·我的大学	49.00 元	瓦尔登湖	36.00 元
我是猫	39.00 元	乌合之众	35.00 元
物种起源	42.00 元	雾都孤儿	44.00 元
西顿野生动物故事集	38.00 元	西游记	62.00 元
希腊古典神话	49.00 元	乡土中国	36.00 元
小妇人	45.00 元	小王子	29.00 元
星星离我们有多远	35.00 元	喧哗与骚动	58.00 元
羊脂球	38.00 元	一九八四	36.00 元
一间自己的房间	36.00 元	伊利亚特	82.00 元
伊索寓言：555 则	36.00 元	尤利西斯	58.00 元
约翰·克利斯朵夫（上、下）	98.00 元	月亮和六便士	45.00 元

书名	单价	书名	单价
战争与和平（上、下）	108.00 元	朝花夕拾	22.00 元
中国民间故事	39.00 元	子夜	49.00 元
最后一课	36.00 元	罪与罚	66.00 元